「長生き」に負けない生き方

外山滋比古

講談社＋α文庫
プラスアルファ

うまく生きうまく死ぬ〝まえがき〟

昔はものを思わざりけり――といううきまり文句があるが、いまどき、ぴったりなのが、ひとの寿命である。

かつては、いのちは長ければ長いほどいいときまっていた。それが、いまは、へたに長生きしてはコトである、と感じる人がふえている。

戦前の日本人は、五十歳をこすと、もういい年だと言われ、還暦になると、大喜びの祝いをした。その後亡くなった人は天寿をまっとうしたように言われたもので、七十歳をこえるのは、文字通り、古来マレなりで、古稀を祝った。

戦後、世の中がよくなったせいもあるが、どんどん寿命がのびた。人生七十年時代などと言っているうちに、平均寿命が八十歳をこえるようになり、女性は世界首位、男性は二〇一四年には第三位になってしまった。〝人生五十年〟

といったのがウソのようである。

おもしろいのは、そういう長寿を喜ばなくなったことである。百歳をこえる人が六万人を超えた（二〇一五年九月）と聞いて、顔をしかめる人さえあらわれる。

かつては無条件、手ばなしに歓迎された長寿が喜ばれなくなったのである。かつての短命時代の人が聞いたら、なんというもったいないことを言うか、とあきれるだろう。

長命の人気が落ち、一部、怖れられるようになったのは、おもしろくない長生きがふえたからである。寝たきりになる。世話してくれる人がいないと、老人ホームへ入らなくてはいけない。ホームの住み心地がわるいのは当たり前のことで、へたをすると事件もおこる。

家族に介護してもらうのも心苦しい。気兼ねである。――だとすれば、早いうちに、終わった方がいい。ピンピンコロリでいきたいという人が寺まいりを始めた。

年中、ピンピンコロリでいけるわけではない。うっかりすると、足腰があやしくなる。頭の方がボンヤリしてくる。長生きはありがたくない。というので悪玉の長生きがあらわれるようになった。昔からの善玉長生きは年をとって元気がないから悪玉のあばれるのを防ぐことができない。

社会も知らん顔しているわけではない。福祉ということに力を入れるのだが、悪玉長生きの増えるのに追いつかない。老後の見通しは暗く、それが世の中を暗くしている。

ここで発想の転換をはかりたい。そうするのが、知的な生き方である。泣きごとをいくら重ねても、長生きの憂いを取り除くことはできない。

自分の力で、困った長生きを追い払うのである。政治の力、まわりの力、家族の力はありがたいが、高齢者としては、なるべく、そういうお世話にならないことを心掛ける。

〝天は自《みずか》ら助《たす》くるものを助《たす》く〟というのは外国のことばである。そのせいか意味がはっきりしていない。〝自ら助くる〟というのがわかりにくい。日本で勝手に〝自助〟ということばを作って、それに当てたが、その自助も意味があいまいである。

〝自ら助くる〟の助けるは、救助ではない。自分で自分のことをするのが、自ら助けるということになる。この意味の〝助ける〟は、学校の英語では教えないかもしれない。すこし誤解したとしても、しかたない。

とにかく、みじめでない、生き生きした年寄りになりたかったら、まず、この、〝自ら助くるもの〟でなくてはいけない。自分のことはなるべく自分でする。人の手を借りない。実際、それは簡単ではなく、年老いて、身のまわり、食事の支度を自分でするのは、たいへんである。考えただけでも、ぞっとする、という人もいるが、やってみれば、なんとかできる。思ったほどのことではないのである。

体を動かさないのが高級な仕事で、手足を動かすのは労働のように思うのは、学歴社会の誤解である。階段を昇るより、エレベーター、エスカレーターにのりたがる。じっとしていれば昇っていくのは、しかし、それほど、ありがたいことではない。自分で歩く力が弱まる。エスカレーターを降りたら、とたんに歩けなくなる、というのは決して例外的ではない。うっかりすると、寝たきり、ボケ、などにやられる。

エスカレーター人生には生活がない。生活によって生み出される活力、生活力が弱まるのは是非もない。そこを悪玉長生きにつけこまれるのである。

ひとさまざまの生き方がある。

これに限る、これしかない、などという生き方があるわけがない。めいめい、自分で考える。ひとから、いいことを教わりたいなどと、甘いことを考えてはいけない。自己責任で、人生の後半を、花も実もあるものにするのが、賢い人間である。

なにもしないで悠々自適、などというのがよろしくない。長生きにつかまって、ひどい目にあう。

まず、自分のことは、できるだけ、自分でする。たいへんだと思うのは、取り越し苦労。たいていは、案外、おもしろいのである。達成の快感は活力の源になる。

仕事をすれば疲れるにきまっている。疲れたらたっぷり休息する。そして先々のことを考える。おもしろいことが、まだ、あるかもしれない、と思うようになったらシメたものである。

とにかく忙しく生きる。なんでも、できることはする。自分のためだけでなく、まわりのもの、ほかの人のためになるようなことができれば最高である。悪玉の長生きなど相手にしない。やってきそうになったら、寝たきりやボケにならないうちに、追い返してしまう。

ある朝、起きてこないから、見に行ったら、冷たくなっていた、というのが最高である。

それが長生きに負けなかった人生である。われわれのほとんどが、心掛け次第で、そういう最期を迎えることができるように思われる。

老人よ大志をいだけ!

III

I

世のため人のため

四国、八十八ヵ所、札所《ふだしょ》のひとつ焼山寺《しょうさんじ》の朝が忘れられない。

徳島の大学へ招かれて話をすることになった。あらかじめの打ち合わせで、宿泊をどうするかきかれた。ホテルがいいか、和風の旅館にするか。

とっさに、八十八ヵ所のどこでもいい、泊らせてくれる寺で一夜を明かしたい、と言った。

当日は一行七、八名。希望者がふえたのだという。山兎《やまうさぎ》をおどろかせながら山道をクルマで登っていって、焼山寺に着いた。

夜明け、同宿の人に気づかれないように外へ出た。お寺は山の頂き近くにあるらしい、眼下に黒々とした雲海がひろがり、その先の方がほんのり明るい。

あそこから朝日が出るのだろう。

大きく息を吸う。浩然《こうぜん》の気というのはこういうのであろうか、と思いながら、これからの生き方、そして遠くでありたい死のことを考える。そういう神妙な気持ちになったのはこれがはじめてである。亡くなった本家のおばあさんなら〝お大師さまのお導き〟とでも言っただろう。

八十八ヵ所のお遍路を考えた人たちの知恵を思ったら、いまだったら観光地づくりのようなものだが、信仰と健康、旅をうまくミックスしたセンスは天才的である。ヨーロッパの巡礼などよりずっと庶民的であたたか味がある。

お遍路さんに、このままあの世へ行けたら、と考えた人がどれくらいいたかわからない。山頂の朝、そんなことを考えた私はそのころ思いわずらうことが多く、いくらか厭世《えんせい》的になっていたらしい。

その後、アメリカの老人たちが〝カッコよく老いる〟(スタイリッシュ・エイジング)を合いことばに、浮かれているのを、アメリカの雑誌で知り、つよい興味をいだいた。リーダー格のリズ・カーペンター女史は、キャリア・ウーマンであったが、六十歳すぎて、ハーヴァードのときの初恋の男性に再会、結婚、新しい仕事を創《はじ》めたという。そのほか、七十になって企業をおこした人、高峰をつぎつぎ登る人、パイロットの資格をとった人、ボランティアで国中をかけめぐる人、なども紹介されていた。いかにもアメリカらしい。明るく、前向きで、厭味《いやみ》がない。

われわれにはちょっと真似はできないものの、なんとなく元気を与えられる。アメリカン・スタイルも、こういうのなら悪くない、と思った。元気のいいところはあやかりたいくらいである。どういうものか、女性優位であるのが、男にとって、ちょっぴり淋しい感じである。

日本でピンピンコロリということばが生まれ、ポックリ寺?巡りをする年寄りがふえたのは、アメリカのカッコよく老いるブームよりずっとあとである。そういうお寺巡りは、八十八ヵ所遍路と、ほんのかすかだがつながっている。ピンピンでなく〝コロリ〟にアクセントがあるところが新味である。すっかり感心して、その後のなりゆきに注意しているが、どうも、あまり元気がない。

ピンピンしている気配も感じられない。

　ピンピンコロリは超高齢社会における安心立命で、寝たきりになって国の医療費をふやすのを防ぐのは社会貢献である。胸をはって、ピンピンコロリの道をすすんでよい。いくらかでも公益になるのはすばらしい。これまでの老人はそう考えなかった。現代は進歩している。ただ、アメリカのスタイリッシュ・エイジングほどではないが、いくらか女性が進んでいる。ちょっぴり男性的なところを加味できないものか。

　私も年をとるにつれて、柄にもなく、人生にいつフルストップ（終止符）をつけるかを考えるようになった。わけもなく年老いて衰え、なすところなく、苦しんで死ぬ、というのはできればごめんこうむりたい。できることなら、世のため人のため、そしてちょっぴりわが身のために、最後まで力いっぱい生きていきたい。ある朝、突然、エンスト。いつまでも起きてこないから、見にいったら冷たくなっていたというのは理想的である。

なりゆきではいけない。自力で、志をもって老いる。いつまでも、死ぬことは考えず、明日ありと思って生きる。

それには仕事をするに限る。なければつくる。

ひとりになってはまずい。昔の友だちはそういっては悪いが賞味期限をすぎている。新しい仲間をつくり、定期的に会食し、談論風発、天下国家をあげつらい、ライフワークを語り合う。

自分のことは自分でする。なるべく人手をかりない。

よけいな金はためようとしない。気前よく使うのが世のためになる。なるべく長く税金を払えるように仕事をしていると、おのずから、老いのプライドとでもいうものがわいてくる。

人のことなど気にしないで、わが道をただ歩きに歩き、力つきたところが、終焉《しゅうえん》となる。傍如無人《ぼうにょむじん》の加齢である。八十や九十は、なお、壮年のごとし、とひとりうそぶくことができる。

一代限りの覚悟

年をとると、先の先、つまり、自分が死んだあとのことが気にかかる。すこしでもよかれと思うのは人情だが、こだわっているとだんだん見境いがつかなくなり、なんでも子のため、あとあとのためを考えるようになる。つまるところ、未練であり、小さな欲である。

それが高じるとなんでもないことまで見えなくなって、とんでもない方へ走りだしたりする。親心のあわれさ。それについて、しっかり教えてくれる人もないから、りっぱな事業をおこし、財産を築いた人まで晩節を汚《けが》すことになったりする。

Mは戦後もっとも大きな成功をおさめた人で、経営の神様とたたえられた。

経営だけでなく生き方の範としてその言行をたたえる人が多かった。いまも人気は衰えていない。なにもない貧しい若ものが、言うに言われぬ苦労を乗りこえて大企業をつくりあげた。そのみごとさは万人が認めるところである。

ただ、Mは後継に苦しまなくてはならず、いろいろなことを考えた末のことだろうが、無理があった。Mほどの賢い人がわからぬはずはないが、事業の継続を考えると、勘がくるうのであろうか。

Nも戦後の風雲児、新しいシステムを導入して、小さな商店を日本有数の企業にした。いわば英雄であるが、思わぬ落し穴にはまってしまった。息子を無理に後継ぎにしようとした。それを自然な親心としてあたたかく見る人ばかりではない。やがて四面楚歌《しめんそか》の中で失脚するという悲劇を迎えた。

そういう類《たぐい》の話がいくつもある中、胸のすくようなみごとな出処進退を示したのが本田宗一郎である。

子息を自社に入社させなかった。大企業になると、社名に自分の姓がついていることすらいけなかったと反省した。もちろん後継社長は実力をもった社員である。何代もの社長の就任祝賀会に本田は出席を辞退した。自分が行けば、みんな主役をそっちのけに自分のところへあいさつに来たりするだろう。それでは新社長に失礼になる。遠慮する、と言ったそうだ。こういう人はすくないだろう。

西郷隆盛は、「児孫《じそん》のために美田を買わず」と言ったとして有名である。えらいといっても、たいした美田も買えない人間がそう言うのはそれほど難しくない。しかし宝の山とわかっているものを、あっさり他人に渡すというようなことは、めったにあるものではない。

われわればんくらは、美田はおろか荒れ地さえないから気が楽でいいはずだが、なお、ない知恵をしぼって、わが子のためによかれと考える。人間というものは情けない。子のために、ものがわからなくなるのがほとんどである。

自分の人生は自分だけでケリをつける。よきにつけあしきにつけ、相続させるものはない、つくろうとしない。そういう決心をすれば人生どんなに清々《すがすが》しく、美しくなるかわからない。美田の買えないことはむしろ幸いである。

わずかの収入を、使うのをがまんして貯蓄をする。老後のためと若いときは考えるが、年をとると子へ譲るものがすこしでも多かれと願うようになる。そうなると明るい空も暗くなる。

思い切って、遺産をすべて寄附するというような決心ができれば、老後は花ざかりになるかもしれない。そこまでするのは、普通の人間としては、正しくないという気もするが、本能のかたまりである動物が遺産で心(があればの話だが)を煩《わずら》わすことはない。万物の霊長の人間は、この点で、動物を見下すことはできない。

若いうちは節約は美徳であるが、年をとったら消費が美徳になる。ほしいものがあり、買う金があったらどんどん買うのだ。ためこんでも地獄へもっていけるわけではないし、こどもにやっても別に喜ばれもしない。

この間、われわれのやっているクラブで、「放射能の出る上等肉を存分に食いたいね。世のため人のためになる。もうわれわれは被曝《ひばく》の害があらわれるまで生きていないもの」という冗談が出て、その正否を論じ合った。

年をとったら、たとえわずかでも世のため人のためになることをしたい。わが子のためばかり考えるのはよくない。旧式なモラルである。

これからの老人は、新しいモラルによって、われの先に人なく、わがあとに人なし、ひとりわが道を行く。一代限り、前世のことはわからないし、死後のこともわからない。それでよい。子のためにのみ生きるのは正しくない。すくなくとも美しくない。美しくないことは、たいてい、天の理《ことわり》に照らして考えると、歪んでいる。

美田も残せないが、借金も残さない。寝ついてまわりに迷惑をかけない。それだけで自分の人生は充分である。そういう覚悟ができれば、老後の日々は、晴れる日が多くなる。雷が落ちて命を落とすようなことがあったら、面倒でなくてよかった、と考えることもできる。

好きなことは、人の迷惑にならない限り、なんでもする。若い人に遠慮する必要はない。天は自ら助くる老人を助くるはずである、と信じて老いの細道を命ある限り力いっぱい歩いてゆく。穴があったら落ちればいい。その先のことを考えたりするのは、いくらヒマでも、時間の浪費である。目の前までは、力いっぱい生きていくが、先の先を考えてもしかたがない。

行き当たりばったり。それでいい。誠実な行き当たりばったりは、よからぬ考えにまみれた仕事の筋を通すのよりも、すくなくとも人間的である。

夢中になることを見つけて、それに向かってひたすら進む。最後まで、そうであれば、すばらしい人生であったことにする。

独立自尊、自助の精神で生きれば、まわりはおのずと道をあけて、通してくれるだろう。そういう楽天主義でいけば、老後もおそれるに足りない。

生くることやうやく楽し老の春　風生《ふうせい》

浜までは……

　ある年の春、大阪にあった聖母被昇天《せいぼひしょうてん》学院女子短期大学の卒業式に列席したことがある。

　学長をしていた友人菅野和俊《すがのかずとし》さんの見にこないかとの誘いにのって出かけた。カトリック流の卒業式は変わっていておもしろかった。とくに〝学帽の儀〟というのを美しいと思った。それまで帽子の左にあったリボンの房を卒業生全員が、いっせいに右へ移すのである。いいなあと思って見とれてしばしわれを忘れた。

　気がついてみると、学長が告辞をのべている。こういう話をするだけでも学長はたいへんである。いちばんいいのは短いこと。私は、東京高等師範学校を卒業するとき、河原春作《かわはらしゅんさく》校長の訓辞をきいた。かなり長い話を予想していた卒業生は校長の話が三分もしないうちに終わって、ひどくおどろき、名告辞であると感心した。

菅野学長は哲学者だから小難しいことが出てくるだろうと思っていたが、さばけた話だから耳をかたむける。人間はなまける心が働いて、しなくてはならないことでも、「どうせ、ダメにきまっているのだから……」などと言って努力をしない口実にする。人間の弱いところである。そういう話の中で、

浜までは海女《あま》も蓑《みの》きる時雨《しぐれ》かな　瓢水《ひょうすい》

という句を引いた。すごい句だと直感、何度も心の中でくりかえした。

海女は海へ入って貝をとる。どうせ濡れることはわかっているが、時雨が降ってくれば、蓑をつけて、身をかばう。そのたしなみが美しい。あれこれ思いめぐらしていると「浜まで」の浜は死を象徴しているようにも考えられて、い

っそう味わいが深くなる。

式が終わって控室へ戻って私は学長に「ヒョウスイ」ってどう書くのですか、と尋ねた。俳句はきらいではないから、昔の俳人もすこしは知っているつもりだったが、この名をきくのははじめてだった。学長は、テーブルの上で指で瓢水と書いた。それから、毎日のようにこの句を思いうかべた。

私が七十七歳になったとき、大学で担任した十数名のものが、こちらがいやがっているのに祝いの会を敢行した。あまつさえ、当日、めいめいに色紙をいただきたいと申し込んできた。下手な字を人目にさらすのはつらいが、おあつらえ向きのことばがあるので、気軽に引き受けた。瓢水の「浜までは……」を書く。

当日その色紙をわたすと、旧学生のひとりが「この瓢水って、どういう俳人ですか」と質問した。元教師、虚をつかれて、しばしことばも出なかった。何年もの間、思い出してはいい句だと思っていたのに、作者がどういう人か、一度もしらべようとしなかったのだから、われながら、あきれる。

数日すると、あちこちからファックスやはがきで、情報を知らせてきた。インターネットで調べたらしいが、こちらはなにもしないでいたので不勉強を叱られているような気がした。この後、いろんなことがわかってきた。

滝瓢水。江戸中期、播磨《はりま》の人。千石船を何隻《せき》ももつ富裕な商家をついだが、瓢水の風流によって没落したと伝えられる。

あるとき、その名声を伝えきいた旅の僧が訪ねてきたが、瓢水は留守。風邪をひいてその薬を求めに出たという家人の話をきいて、旅僧が、「さすがの瓢水も命が惜しくなられたか」と言いすてて去った。そのあと帰った瓢水が、「浜までは……」の句を認《したた》めて、使いのものに旅の僧を追わせた。この句を見て、僧はおのが不明を恥じ、とって返し、非礼を詫び、その夜は語り明かしたという故事がある。

「蔵売って日当りのよき牡丹かな」という句もある。年老いて、この心境になれるというのは、たいした人間である。

「浜までは海女も蓑きる時雨かな」を教えてくれた菅野さんは、科は違うが、東京文理科大学の同窓である。どんなきっかけであったか覚えていないが、私にいろいろ仕事を与えてくれるようになる。聖母被昇天短大の理事にしたのはその皮切りであった。菅野さんは、地味なドイツ哲学ではドイツに仲間が何人もいるくらいで相当以上の学者であるのに、頼まれると、学長を引き受ける。とにかく活力にあふれていて、沈滞している短大の刷新のためにたいへんな努力をする。学園を見違えるようにりっぱにした。それがあまりに急激であったためであろう、教職員からの不評をかって改革半ばにして退陣を余儀なくさせられて数年、雌伏。こんどは、宇都宮にあるカトリック系の中学高等学校の校長、理事長になった。やはり敏腕をふるって学校を刷新した。私も理事になっていくらか手助けをする。

どういうものか、ここでも抵抗勢力ができて、その力の方が大きくなり、菅野さんはまたも排斥された。もちろん私は菅野さんの側近?だったから、叛乱理事たちと対決する場面も経験したが、菅野さんが一貫して、明るく、堂々とことに当たるのを敬意をいだいてながめていた。

失職した菅野さんが、数年してこんどは静岡雙葉《ふたば》学園の理事長になったのだから、おもしろい。その才能を見る目をもった人がいつもいたのは、頼もしい世の中である。菅野さんは義理堅い人で、すぐに理事とはいかないけれど、評議員になってくれと頼んできた。

そういう中で菅野さんは勉強を忘れなかった。それどころか、研究をどんどん深めていったらしい。論文を発表するためにドイツへ行くという話をきいて、大丈夫かと心配した。よくない病気に冒されているときいていたからである。普通なら治療第一に考えるところだろうが、菅野さんは研究発表を優先させたのである。いくらか「浜までは海女も蓑きる時雨かな」に通じる心境であったように思われる。

ドイツから帰って病状急変、あっという間に亡くなってしまった。外国へ行かなければもっと長く生きられただろうと思った人もあったかもしれないが、本人にとっては納得の最期であったのはたしかで、羨《うらやま》しいくらいである。願って叶うことではないが、いかにもみごとな大往生であった。

微毒の妙

健康ノイローゼみたいな人がいる。

あれはいけない、これもいけない、と片端から禁じてしまう。そういう人はたいてい清潔願望がつよくて神経質、融通が利かなくて、真面目であることが多い。ひところ、紙幣を一枚一枚消毒しないと気がすまないという若い人たちがいたが、いまは減っている。

清潔第一主義の人は健康かというと、かならずしもそうではない。アレルギー疾患がふえたのは清潔願望症のあらわれだという人もある。

「過ぎたるはなお及ばざるがごとし」(『論語』)とはよく言ったものだ。いいことも度がすぎれば悪になる。その伝でいくと、悪いことでもちょっぴりならクスリになる、という理屈が成り立つ。この方が人間味があっておもしろい。

かつて、熊本大学の附属病院で看護師長をしているというナースの話をきいたことがある。

彼女は言う。六十歳くらいになった人なら、好きな酒、タバコを無理やりやめることはない。本当に害があるならその年になるまでに顕《あらわ》れているはず。相当な年になってもはっきりした症状を呈していないのなら、酒もタバコもう大毒ではなくなっている。無理に禁酒、禁煙をして、つよいストレスをためれば、その方がより大きな害毒である……。

この話に私はたいへん感銘を受けた。経験にもとづいたことばには説得力がある。

このごろはタバコの害は常識になっているが、そのころも、すでにタバコはいけないとはされていたのに、あえて異を立てたのは勇気があると感心した。

すこしなら、酒もタバコも、害はすくなく、ときとして活力を生む効果がある。いけないのは度をこすこと。適度なら、害は、その効用によって帳消しになる。人間はそうできているように思われる。

われわれは体内におびただしい雑菌をかかえている。これを全部、駆逐するなどできるわけもないが、すくなくしすぎると思いがけない病気にかかる。体内の有毒物によってわれわれは免疫性をつくり上げて生きていく。あとから侵入する菌に対して対抗、これを撃退する。健康は免疫性 vs. 微毒、小有害物によって保たれる。完全な無菌状態は危険である。

実験用マウスは完全に無菌で飼育される。当然、免疫はゼロ。どんな微細な菌でも入ってくればかならず感染する。だから実験用になるのである。極端な清潔願望症に陥っている人は、それとは知らずに、実験用無菌マウスのようなものを目指していることになって、たいへん危険である。

清潔もほどほどがいい。不潔は困るが、ちょっぴりの不潔は大目に見るのが人間的である。完全を許されるのは神だけ。人間は微毒、小悪をかかえて健全、善良でありうる。

人間は年をとると、体力がおとろえる。それにともなって気力も低下する。

すると消極的になり、完全主義者をあこがれ、神仏を崇拝するようになる。どうもこれは生き生きと生きる妨げになるらしい。昔のように五十にもならないうちに死ぬのだったら、そういう消極的、防衛的生き方も悪くないが、退職して三十年も生きなくてはならない現代人には、おのずから新しい生き方が求められる。

ピンピンコロリとなるには、虫も殺さぬ聖人のような生き方は話にならない。あれこれ、したいことはやってみる、食べたいものは食べてみる、悪かったら、やめればいい。改めればいい。

教育でも、よいことばかり教えるのは幼稚である。本当に人間力をのばそうとするなら多少、不徳の教育をする必要がある。悪いことをするスリルをこどもは心に潜在させている。

それを全面的に禁圧してしまおうというのが、世俗、良識的な教育であるが、やはり悪いことをする経験をさせないといけない。

それで、学校は校則という法律をつくる。かつての女学校は、スカートの長さは膝下何センチ以上などというおよそバカげた規則を生徒に押しつけた。規則でしばられると、かならずそれを破って自由になりたいという願望を目ざめさす。

生徒は規律違反によって小悪を経験する。規則を破れば罰せられる体験はなかなか重要で、甘い親のもとではとても味わうことのできないスリルもある。そういう校則は実に有用であるのに、戦後育ちの若い親が目の敵にして、校則撤廃に血道をあげた。弱腰の学校はその勢いにおそれをなして、つぎつぎ、校則緩和を行い、教育力を失った。学校もＰＴＡもすこし考えが足りない。常識的に浅薄である。

老人にはもともと〝校則〟のようなものがなく、自由、気ままに生きることが許されてきたが、このことが老人の不幸の遠因である。老人はもっと失敗する危険にさらされないといけない。

ころぶといけないからといってじっと動かないでいれば、足腰が衰えて寝たきりになるおそれは小さくない。歩けばころぶかもしれない、ころんでもいい、とにかく歩くことである。ころぶ危険をおかして歩くのだから、ときに転倒、骨折ということもないではないが、歩かず家にこもっていて寝たきりになるより、いくらかはましかもしれない。

私の主治医は達人、名医である。微毒がクスリになることをご存知である。私の血圧は多少高めである。先生いわく、血圧を下げすぎると頭が働かなくなる。元気に仕事をするには、やや高めの血圧がいいでしょう、と言われる。

年寄りの冷や水という。冷や水はいけないとされてきた。生き生き老いるには、ときに冷や水が必要なのである。ぬるま湯につかっていては活力は出てこない。

ちょっぴり悪いことをするのも、生き甲斐のある老年に不可欠であるが、具体的に書くと公序良俗に外れると非難されるおそれがあるから、明言は控えるが、微毒はクスリ、小悪は活力のもとであることははっきりしている。

最中

弟がいる、ではなく、いた。七つ年下である。

私が八歳のとき、母は一つ違いの妹とわれわれ二人をのこして亡くなった。父が再婚して継母ができた。なにも知らないこどもの私には、人間でないように思われた。父を離婚させてほしいと伯父に直訴しようとして、半日、田んぼ畠の中を歩きまわった。結局、伯父に言うことはできなかった。なにもわからない弟は、どんなであったろうか。ずいぶんあとになるまで考えることもなかった。

私は、小学校を卒業すると、かなり離れた中学校の寄宿舎へ入れられた。父の一存ではなく継母のさしがねに違いないと思ったが、いやな家にいるより寄宿の方がいっそさっぱりしている。実際、寄宿舎は別世界で、かなりおもしろかった。

その間、弟はうちでどうしていたのだろう。新しい弟が生まれたから、かわいがられるなどということはついぞ知らなかったに違いないが、知らぬが仏、一度も母親の愛情を受けたことのない弟は、世の中こんなものか、と思って大きくなった。あわれである。

ずっと、弟とはしみじみ話すこともなく、私は東京へ逃げてふたたび家には戻らなかった。弟は父に代わり、家の世話をしてくれた。すまなかった。

ちょっといいことがあり郷里へ帰った。ひと通りのことがすんだあと母を同じくするきょうだい三人がしゃれた料亭で食事をした。その夜の弟はいつになくよくしゃべった。たのしそうに酒ものんで、仕事先での手柄話もした。いい人生を歩んでいる、よかった。私は、それまでの負い目のような気持ちから解放されて、いっしょに愉快になる。

家族にみやげがなくてはいかん、と私が寿司折をつくらせて土産にした。弟はすこし目をうるませていたようだ。店を出て駅まで人通りのない夜道を三人で歩いた。

別れるときに、弟は「ほんとうにありがとう」と言った。それが私のきいた弟の最後のことばであった。

数日後、弟は急死した。

二度目の勤めで大働きをして、認められ、外国人労働者の監督、教育係のようなことをまかされていたらしい。その晩も、時間外に食堂でミーティングをした。終わって自分の車へ戻りエンジンをかけたとたんに心臓発作で、そのままになった。

あっけない、実にあっけない死である。そんなにまでして会社につくさなくても、のんびりしていれば、こんなことにならなかっただろうに、といったことを口にした近親者につよい怒りを覚えた。

弟は幸福だった。一生でいちばん充実した日々を送っていて、フト、足をふみ外して、あの世へ行ってしまった。だいいち、死など考えるヒマもなかった。

私は、モンテーニュの「死ぬのは、仕事の最中がいい」ということばを胸に、弟の死をむしろ祝福した。

いま私は毎日、近くの寺へ行き、お地蔵さんにおまいりし、大切な人たちの霊をなぐさめ、めいめい戒名を十回となえ、念仏する。弟は父母についで第三位である。父母とは違った気持ちである。このごろは、自分には、ああいう美事な最期を迎えることはできないだろうが、うまく死ねるよう、勝手ながら弟の霊に祈る。

鈴木一雄くんは五十年の友であった。親友などということばはふさわしくない心の友である。勉強や仕事の上では張り合っていたが、専門が違うからマサツを生ずることなどあろうわけがない。互いに誇り合う仲だった。

もともとはもうひとりの鈴木修次くんと三人会をつくっていた。三人は同じ大学同じ学部の同僚であったが、大学が田舎に移転することになり、まず私がとび出し、逃げおくれた両君は都落ちした。

一雄くんは金沢の大学でつぶさに辛酸を味わったらしいが、やがて東京へ戻って、短大の学長になった。学者らしからぬ管理能力があるらしく名学長であった。

ある冬の寒い日、私は彼の大学の学長室へ行って、完成まぎわの学位論文のあらましをきかされた。この年で、学長をしながら博士論文を書く彼に心からの敬意を覚えた。帰りはホテルのレストランでいっしょに食事をして別れた。

それから間もなく、学位をもらう前に一雄くんは帰らぬ人になった。

大学葬で弔辞を読んだ私は、「あなたが、大きな仕事をしていることを知っています。大学でも将来の発展のためにいろいろの構想をもち、その実現に努力していることを知っています。こと志と違い、仕事の最中に亡くなられて、心を残されているかもしれません。かのモンテーニュも言っています。『死ぬのは仕事の最中がいい』と。あなたの最期、理想的でした。もって瞑《めい》してください」とのべた。

ことばだけでなく、本当にそう思った。彼は幸福だったといまも思っている。願って叶うことではないが、自分の最期も似たものであってほしい。それには、たえず忙しくしている必要がある。たのまれもしない会をつくったり、書かない方がいい原稿を書いたりするのも、そのためであると、声にはならないまわりの批判の声に答えている。

願いは叶うだろうか。

夢中

毎朝、ラジオ体操をする公園の広場で、時間になるのを待っていると、ドクターのIさんが、小枝の先に長いヒモのようなものをぶらさげてやってくる。うす茶色で長さ一メートル以上。

「これ、ヒルです」

はて。私の知っているのは田んぼにいるヒル。こどものころ田んぼへ入って足を吸われて血を出したことがある。小さい黒い虫で、目の前のヒルとはまるで違う。

「これが、ヒルですか」

と私がきく。すると、いつの間に傍へ来ていたほかの人が、

「コウガイビルと言います。先がコウガイ（カンザシ）のようになっているでしょう？」

私がびっくりして、

「あなたえらいですね。よく知っていますね」

感心する。ドクターがニヤニヤしながら、

「そりゃ知ってますよ。動物学の専門家ですもの。東大名誉教授です」

と言うではないか。私は穴があったら逃げ込みたいような気持ちになった。大先生に向かって〝よく知っていますね〟もあったものではない。いつも来ているらしいのに、その日まで顔を合わせた記憶がなかった。

恥ずかしい気持ちをおさえてラジオ体操をしていると、アイディアが浮かんだ。ここには、あの先生のような方がほかにもいるに違いない。そういう人たちと小さなおしゃべりクラブはできないだろうか。いやできる。そう思って、体操が終わって帰ろうとしているIさんをつかまえて、

「さっきの先生のような人をあつめて、〝頭の体操〟の会をつくりませんか。

人選をしてくださるとありがたいんですが」

ドクターはすぐＯＫ。

数日するとメンバーもきまり、発足の日取りもきまった。名はまだない。「ヒルの会」というのが変わっていていいが、ヨルする会の名としては、一考を要する。そんなことを考えると、夢中になって、時を忘れる。

別のクラブのメンバーで親しくしているＯさんは、セキツイの骨の何番目と何番目がつぶれて、神経にさわるかして痛む。春ころから、「さわると痛むんです」と言っていた。手術をしたいが名手名医で百何人が待っているから、手術は早くて来年の春だなどと言っていたから半分きき流していた。

それが先日、「急に手術を受けられるようになった」と言う。「それはめでたい。で、いつ手術です？」ときくと、「それが今週の金曜だ」と言う。「じゃ、もう日がない、大至急、入院祝い？をしましょう」「明日ならあいてます」「じゃ夕方六時、うなぎの〇〇でうなぎを食べましょう」で話がきまった。

うなぎ屋へあらわれたＯさん、心なしか、すこし元気がない。それはそうだろう。手術をひかえておもしろいわけがない。そう思ったから、夢のような話をするに限ると思った。近年、心にあたためている新しい幼児教育について話し、「あなた具体化してみませんか」と言うと、Oさん「いまやってます保育園をすこし変えればできるかも……」「じゃやってください……」「やってみましょうか」「早く退院して、さっそく準備してくださいよ。そう思えば入院なんかコワくなくなるでしょう」。

そんな話をうなぎそっちのけでしゃべるとOさん、はじめとは違った笑い顔になった。私は私でわれを忘れてしゃべったおかげで、気分爽快であった。うなぎの味はよくわからなかったが、たのしい一夜であった。

Mさんは、まだそんな年でもないのに、事業を他人に譲るという手紙をよこした。どうもわからないが、隠居などとんでもない。なにか新しいことをはじめないと、どんどん衰える。家屋も住まぬとすぐ荒れる、というが、仕事をはなれた人間も急に活力を失って老い込む。

そんなことはさせたくないと、お節介ながら、新しい教育事業をすすめる。

隠居しちゃだめだ、と自分のことのように、しゃべった。新しい仕事は、これまでまだないものだが、うまくいけばとんでもないビジネスになる。あれこれしゃべっていると、自分のことのように熱くなる。

Mさんはあとで手紙をよこして「小生の心の中でなにか、うまく言えませんが〝おもしろい〟と思いました。……小生の小さな力でも、なんとかやってみる所存です」。

こちらは、自分で夢中になってしまって、うまく伝わったか心配していたから、元気を出してもらったときいてうれしかった。

年をとると刺激が乏しくなる。われを忘れてということもすくない。それで心もしぼむのである。とにかく夢をつくって、それに頭をつっこんで夢中になる。自分の夢ができなければ、人の夢を描いて夢中になる。とんだお節介だが、ひとごとがひとごとでなくなり、自分でもボーッとするようになると、年のことなど問題でなくなってくる。夢が実を結ぶ日を夢見ていると光陰矢のごとし。うかうかしていられない気持ちになって動きまわる。

集中

頭がよい、よくない、と言うとき、なにを規準にしているか、はっきりしている人はすくない。多くは記憶力のつよい人を頭がいいと考えるらしいが、コンピューターのない時代ならともかく、コンピューターが珍しくなくなったいまだと、コンピューターがいちばん頭がよいことになって、人間として、おもしろくない。

コンピューターにまねのできないことに忘却と集中があるが、知識信仰のつよい社会、学校で育った人は、忘却と頭脳明晰《めいせき》を結びつけることを知らない。知識メタボリックにはなっても、頭はよくならないのが記憶力である。

もうひとつの集中、集中力など、はじめから頭の働きとは関係がないように思っているのが普通で、だいいち集中ということを知らない向きがはなはだ多い。文化的におくれているのである。

私は、大学を出るとすぐ、附属中学校の教師になり、新米のクセに学級担任にさせられた。

そのクラスのある生徒の祖母に名物ばあさんがいた。附属小学校のときから有名だったらしい。毎週のように学校へ来て孫の勉強ぶりを見てそわそわする。かなり目ざわりなおばあさんだった。

担任の私のところへ来てひとしきりしゃべって帰る。ある日、「うちへ来て○○の勉強ぶりを見てくださいませんか。よく勉強しているのに、さっぱり成績がよくなりません……」。

しかたがないから、日曜の午前中の勉強ぶりを観察することになった。私は生徒の勉強部屋の隅に小卓と椅子を置いてもらって、もっていった本を読むふりをする。ふだんと同じように、こちらのことは気にしないでやりなさい、と命じる。

見るともなく見ると、明らかに注意散漫。ちょっと音がすると窓をあけて外を見る。机の隅に鉛筆の削りくずがあると、机の上を丹念に掃除する。立ったり座ったり、すこしもじっとしていない。勉強にとりかかったのはかなりしてからだ。

この調子では一日中勉強部屋にいても、勉強にならないだろう。おばあさんに言った。「神経質だからちょっとのことがいちいち気になる。それにかまけていて勉強に身が入らないのです」

大人の中でチヤホヤされ、ということはおもちゃにされていると、末梢神経だけ敏感になる。一点に集中することをほとんど学んでこなかったのだから勉強の成績が悪くても当然である、というようなことを言うが、若造の教師の言うことなど小バカにしているのは言動の節々にあらわれていた。

「どうしたらよろしいので?」ときいてきた。別に用意していたわけではないが「スポーツをやって、汗を流せばいい」と言い、「スポーツをやれば、頭がよくなりますか」。おばあさん「そんなこと初めてききます。本当でしょうか」。

かつて同僚にYさんという哲学者がいた。あるとき「おもしろいですね。ボクは、陸上競技をして勉強の時間がすくなかったけれど、かなり成績のよい方でした。もっと上げてやろうと思って陸上競技をやめて勉強専一にしたところ、あにはからんや、成績が下がってしまった。どうも、時間が多くなったぶんダラケて、集中しなかったのでしょう。勉強は集中ですよ」。

講義のノートをとるのをありがたがっていたころの人だが、あえてノートはとらず真剣になって授業を受けると、ノートをきちんととって勤勉に勉強しているほかのものよりも成績がよかったと言う。

私自身、すこしばかり運動をした経験があって、それをもとに書いているのだが、受身で講義をきき、ノートをとっても、心ここにあらずであっては、なんにもならない。ぐっと身を引き締めて勉強する。

陸上競技でスタートラインにつき、ピストルの音を待つときの緊張はおそろしいほどである。走りだしてからも、ひたすら走ることを考えて、まわりにほかのものが走っていることなど目に入らない。それくらいの気持ちで勉強しょうとして、私も、途中で運動をはなれた。

まずいことだったと後悔した。集中力を高め、緊張して勉強するには、机にしがみついているだけではダメで、グラウンドで汗を流し時を忘れるのが有効であるといまも思っている。

文武両道だなどと言ってさわぐが、スポーツと勉学は両立する。それどころか、しっかりスポーツをした頭で勉強すれば、机にへばりついて勉強している連中に決してまけない。集中度が違う。

体を通じて集中力をきたえた人はカマボコのように机にへばりついているのより何倍も効率のよい勉強ができる。文武両道は当たり前、もし、運動をしたために学業が振るわない、というようなことがあれば、悪いのはスポーツ練習の仕方にある。

年をとると運動によって集中を高めることが難しくなる。それどころか、だんだん、注意散漫になり、ちょっとしたことでもうるさがるようになる。小さな音がじゃまになるのはぼんやりしているからで、ものごとに没頭すればどんなうるさいところでも、ものを読み、考えることができる。

ただ、集中力を落とさないためには、それなりの工夫が必要である。静かなところでなくわざとうるさいところで、たとえば大切な文章を書く。はじめは音をうるさく感じるが、注意を集中すると、きこえが小さくなり、やがて感じなくなる。

〝心頭滅却すれば火もまた涼し〟、一心不乱となればすこしくらいの騒音は蚊のなくようなものになる。博覧強記の大家といわれた森銑三《もりせんぞう》翁は藤沢から東京までの通勤電車の中で、つぎつぎ本を書いた。

うるさいところでなければ集中力は高まらない、などということはない。時間と競争すると、おのずから緊張する。

私は校正が苦手で、集中できず、すぐ疲れてひと休みしたくなる。それでタイムレースと勝手によんでいる方法を編み出した。校正なら十ページごとの所要時間を記録する。十五分のこともあれば、二十分かかるところもあるが、不思議と疲れがすくない。集中度が落ちないのだろう。若いときにこのコツを心得ていたらと思わぬこともないが、いまからでも、いろいろ、タイムレースの出番はあるような気がする。

集中が人生を決定する、のではあるまいか。

II

われを忘れ

一人では話にならない。

二人でも、話に夢中になるということはすくない。

数人の仲間とあてどもなく、四方山《よもやま》の話をしていて、運がよければ、われを忘れ、時のたつのも忘れて、しゃべりまくることになる。そういう経験はたいていのおしゃべりには一度や二度はあるものだ。沈黙派から見ると、いかにも軽薄、小うるさくて、ききづらい。黙っていられなくて、厭味を言ったりする。得意になってしゃべっていたのは、恐縮、小さくなる。小さな火の手があがっているのを見ると、消防士は水をかけないでいられないのであるが、それでおもしろいアイディア、発見が、どれくらい消えたかわからない。

もし、それに油をそそぐような人がいれば、なんでもない思いつきが、大きな仕事のきっかけになることはけっこうありうる。

十八世紀のイギリスに、月光会（ルーナー・ソサエティ）というクラブがあった。学者や技術者、牧師などさまざまな仕事をしている人たちが、エラズマス・ダーウィンという医師を中心に毎月、会合、談論風発、時を忘れた。集まる日が満月の夜ときまっていたので月光会の名がある。中心となったダーウィンは進化論のチャールズ・ダーウィンの祖父で名医の誉《ほま》れが高かった。時の国王から侍医にと懇望されたのに「患者が一人ではつまらない」と断ったというエピソードの持ち主だが、医学だけでなく人間のことをよく知っていたらしい。

クラブの人たちは存分におしゃべりをして大きな発明、発見をした。ジェームズ・ワットはかの蒸気機関改良の着想を得たのはこの会だったとのべている。プリーストリーという化学者は酸素を発見、マードックはガス灯を開発した、という具合である。イギリスは産業革命で世界をリードしたと言われているが、その多くを月光会に負っている。ということになれば、ただの奇人グループ（と当時、まわりの人たちは見ていたようだ）ではなかった。すばらしい雑談、おしゃべりである。偉大な力が内蔵されていた。

私は、学校を出て名門中学校の教師になった。同期の友人が羨しがったくらいりっぱな勤め先で、私自身もちょっとした夢をいだいて赴任した。

ところが、実際勤めてみると、実におもしろくない。優秀な人たちがそろっていて、新米は小さくなっていなくてはならない。同じ教科の教師と同じ部屋に入れられているのだが、あいさつで口をきくくらい。心にふれることばはまったくない。それに生徒まで小生意気で、気弱な新米教師をいたぶる。もともとしっかりした自信があったわけではないから、負け犬の気分になって一年の終わりには辞める決心をして、まわりから悪く言われた。

実際、退職したのは半年後であったが、辞める前に、心の友を得た。同じように若く、自分の勉強と教える仕事とが両立できないのに悩んでいたのである。学校をはなれて勉強会をしようということになった。

同志は三人で、専門は国文学、中国文学、イギリス文学と分かれていた。普通ならいっしょにならならない三人が定期的に各人の家をもちまわりの会場にして、日曜を一日、勉強という、つまりは駄弁を楽しみ、文字どおり、時のたつのを忘れる。朝の十時ごろに集まり、出前のすしを食べる昼食の時間も惜しむくらい話に夢中になる。外を見た一人が、「もう夕方だ」とさけんで、予定にない夜食をとって、九時、十時まで、お互い忘我の時に酔ったようであった。

私にとって、こんなにいい勉強は後にも先にもなかった。外国文学という学問にならないものを学問として勉強する矛盾をなんとか抜け出したかと思われるのは、まったく、この三人会のおかげである。そして、月光会の故事を知って深い感銘を受ける。

三人会のメンバーの才短く、大きな実績をあげることは叶わなかったものの、三人会がなければ、それぞれ三分の一の仕事もできなかったに違いない。ほかの二人は鬼籍に入ったが、多分、そう思っているだろう。

その後、二度、三度、同種のおしゃべり会をつくってみたが、はじめの三人会のようにはいかなくて、じきにつぶれた。三人会は前後、四十年続いたのである。

七十歳をこえたころ、衰えを自覚するようになった。わが人生もここまでか、と思うことが多くなった中で、このまま枯れ朽ちるのはいかにも哀れである。もうひと花とはいかなくとも、せめて、ヒコ生えの一本や二本はほしいと考えた。やはり、おしゃべり会が必要だと思ったが、いざとなると、人がいない。似たようなことをしている人ならいくらでもいるが、同学は友たり得ずという信念ができている。世間の狭いものにひろく同志を求めるというのは考えることもできない。

あるとき決心した。仲間はだれだっていい。ただし、条件が三つだけある。仕事がまったく違っていること。あまり能力が高すぎないこと。ケチをつけるのをえらいことと勘違いしていないこと。これだけの条件に叶えば、だれでもと心にきめたら、仲間ができた。いま七人、月に一度、ホテルで軽い食事をして二時間、歓談する。

なんのきまりもないが、めいめいが心掛けていることが、四つある。ひとつは具体的な人の名は出さない。ふたつ目は「だった」ではなく「である」という話をする。「だろう」「かもしれない」がよろしい。三つ目として、本に書いてあったことを受け売りしない。間違ってもいい、自説を出す。最後は人の言ったことに批評を加えない、できればエールを送る。

現実に、そんなことが簡単にできるわけがない。あくまで願望である。それでも、会はおもしろくなる。しゃべっていて、自分がわからなくなる。体の出かけるときは気が重いような日でも、会で勝手な熱を上げて帰ると、熱は下がるのか、気分がよくなっている。

ただ、時を忘れ、われを忘れるだけではない。あまり優秀でないことは自覚しているわが頭脳だがこの会では、ねむりから目をさますかと思われることがある。これは弱虫には最大の強壮剤になる。気のおけない席でのおしゃべりは、頭をよくし、われを忘れ、心身を豊かにしてくれる効果がある。

われ忘る、ゆえにわれあり。

旧友・新友

食べものは新鮮でないといけない。このごろの食品にはみな賞味期限というのが表示してある。おいしいのも新しいうちである。古くてもタイ、とはいかない。新しければイワシがうまい。

友人は食べものではないが、やはり賞味期限がある。何十年もつき合っていると、鮮度がおちて、つまらなくなるかもしれない。大部分の昔の友人は賞味期限もすぎている。

小学校のときのクラスのものが集まる会をしたという人がこぼした。「実にくだらんね。カネと時間がもったいないよ。話すことなんかありゃしない。みんな孫の自慢か、病気の話ばかり。うんざりして、これからはもう行かないと決めた」

この人はいいから、旧友はなつかしき、よきものと思い込んでいるが、そんなことはない。会わずにいればなつかしく、会いたいだろうが、会ってはまずい、旧友は遠くにありて憶《おも》うもの、ということに思い及ばない。若いのである、未熟なのである。

旧友よさようなら、と言い切るには、自分の生活がしっかりしていなくてはならない。前向きにすこしでも進歩していれば、旧友など、気の毒ながらなんの役にも立たない。

私は七十歳くらいになって、旧友を新友と入れかえることを考えた。つまり、新しい仲間づくりをはじめた。ひとつひとつふやし、いまでは五つのクラブに属している。

月一回、夕方から、食事をしながら、四方山の話をする。トピックがほしいから、毎会、口火を切る人が短い話をする。あとは飲んで食べてしゃべる。浮世ばなれしたことをわれを忘れてしゃべっていると、だんだん頭がよくなるような気がする。すくなくとも、頭の体操にはなっている。そう思うから欠席できない。

ある会のある日の例会では、フリ込め詐欺が話題になった。

はじめに、ひとりが、詐欺は、しかける方がよく考えている。頭が悪くては詐欺など考えることができない。泥棒に入るか、スリでとるか。それはいわば手わざであるが、詐欺は頭わざである。あらかじめ入念にワナをつくる。うまくひっかけるのはやさしくないから、ひとりではなく何人かで相談、研究するのだろう。

手口を考えたら、こんどは、カモをさがす。なければつくる。こうして実行に及ぶが、つかまらないで、ひっかけるのにはさらに実際に人を相手に練習をするかもしれない。そして、よしとなったら、本番の実行に及ぶのである。思考としてなかなか秀逸である——そういうイントロダクションをぶった。

すると、別のひとりが、フリ込め詐欺は五十年前には考えられなかっただろう、と切り出す。金を銀行からカードで引き出すのが当たり前になりケイタイが普及したからこういう詐欺が成立する。相手に顔を見られず、声色《こわいろ》をきき分ける耳をもたない相手がいれば、濡れ手にアワ。しかも尻尾をつかまれず、つかまる心配がすくない。もっとも〝安全〟な金もうけになる。

年寄りなら高い確率で成功する。あわてた銀行や警察がじたばたしたくらいでなくなるわけがない。減らすこともできない。フリ込め詐欺をはじめに考え出した奴は相当な悪知恵だ……。

つぎの人が、名門学校、大学を出て、インテリ女性だといばっている六十代の主婦がまんまとひっかかって、家族から非難されると、「ああいうのを見破るのは、あなたたちにだってできないわョ。うちはあれくらいとられても、ビクともしない」と威張ったという話を紹介する。

元雑誌記者が、日本文藝家協会の月報ニュースに、毎号、〝フリ込め詐欺にかからぬようくれぐれもご注意ください〟という注意を掲げている。被害が相当あるのだろう。文藝家協会といえばまず知的な人たちの集団だが、フリ込め詐欺にかかるのはおもしろいというコメントをのべる。

元教師が、フリ込め詐欺の被害は首都圏の方が関西、阪神に比べるとヒトケタ違って多い。カモは関東に多いのだろうか。どうして関西の人がかからないのか研究してみるとおもしろい。警察などもATMのそばにつっ立っているくらいなら、フリ込め詐欺の背景を調査研究した方がいいだろうと意見する。

「教えてやったら」と茶化すのがいたりして、えんえんと続いて、みんないっぱしの犯罪心理学の勉強をしたような気持ちになって帰る。その間、すくなくとも、自分の年を考えることはない。元気が出る。たのしく頭の体操をした気分であった。

知らぬが仏

知識社会、情報化時代になって、なんでも知らないといけないように考える人がふえる。〝知る権利〟などをふりかざして、どうでもいいことをほじくり出す。もの知りはえらいと自他ともに思っているらしい。

必要なことならどんなに苦労しても知らなくてはならないが、人生に、そんなことがコロがっているわけがない。よけいなことを知って、悩んで、おかしくなることもないではない。知ることをありがたがるのは、現代の、病気かもしれない。それで健康を害する人はいつの世にもある。

戦前の農村のことである。たいていが貧しい生活をしているが、中には小金をためている人もないわけではない。そういう人が生命保険に入ることを考える。食うや食わずの人はそれを羨しがって見ている。

生命保険は健康診断を受けなくてはならない。重大な疾患、その前兆があれば、保険に入れてくれない。田舎の人は多く頑健であるから、健康チェックを受けるのを心配するものはすくない。

ところが、受診してみると、思いもよらなかった病気にかかっている、と告げられたりする。医者にかかったことはないと豪語していたような人が、検査にひっかかって、保険に入れないとなると、そのショックはひとしおである。内向的な人だと、くよくよ思いつめて、元気を失う。仕事もそっちのけに体の手当てをする。だんだん本当の病人になってしまう。保険には入れないわ、自信のあった健康が本モノではなかったときては、善良な人ほど打ちひしがれて、長患《ながわずら》いをしたりすることになる。そういう例をいくつも見ていると、生命保険がきらいになる。そういう農村に育ったから、私はずっと生命保険が好きになれない。この年になるまで、保険にはひとつも入っていない。

五十に近くなったとき、健診でレントゲンの影を指摘された。それまでも、検査のたびに要再検査などという所見がついたが、再診ではなにごとも言われないから、影のあることくらいではおどろかない。

ところがお医者がとんでもないことを言う。

「若いときに、相当、しっかり結核をやりましたね。いまは固まっていて心配ありませんが……」

「記憶にありませんが……」

「かなりひどいのですよ。自覚がなかったというのはおかしい。療養はしなかったのですか」

もちろん、そんなことは一度もない。しかし医者がそう言う以上、結核であったのは、しかも、かなり重症であったことはたしかであろう。あれこれ思い出していて、あのころだったかもしれないと思い当たることがあった。

終戦後のことである。軍隊で一時中断していた大学へ戻り、卒業論文と格闘していた。一日十二、三時間、机に向かって勉強したり、英語を書いたりしていた。食べものにみんなが不自由していたころだから、まともな食事もしなかった。体によいわけがないが、張り切っていたから、疲れも感じなかった。

ある日、心友のSくんが、青い顔をしてやってきた。彼は大学では哲学科にいたが、それまでは英語科の同じクラスにいた。父親が商事会社の幹部で、珍しい缶詰をもってきていっしょに食べる仲である。

そのSが言う、「(東大)分院で、結核の重症、すぐ帰郷、絶対安静にしないと死ぬ、と言うんだ。いまから帰るが、その前にいっしょに飯を食おう」。

ちょっとぜいたくな食事をして彼は出ていった。「外套《がいとう》の背にほころびの別れかな」というハガキを追っかけるように出した。

あのとき、こちらも、やられていたのだろう。しかし、その自覚がなかったから、落ち着いていた。あれだけいっしょにすごす時間が多かったのだから、彼の病気がうつらないわけはない。

帰郷したSは、お父さんに口述筆記してもらった卒業論文を仕上げるのを待つようにして亡くなった。

私はまったく自分の健康を疑わなかった。卒業してひとなみの社会人になった。三十年近くして「しっかり結核をやりましたね」などと言われてはおどろく。そして、自分の病気を知らずにすごすというウソのようなことがあったのを、心からありがたいと思った。いくらかでも病人らしかったら、いま生きていないことははっきりしている。知らぬが仏、とはまさにこのことだ。

細かいことは忘れてしまったが、心に残っていることがある。

北欧のある国でひとつの実験が行われた。同じようなサラリーマンを千名募り、半分の五百人には相談できる医者をつけるが、もう一方の五百人はなにもしないでそのままにしておいた。

五年だかして、千名全員の検査をしたら、医者のついた方に不調を訴え、病気になった人が多く、ほうっておかれた人たちが意外に健康だった、という。

医者がついていれば、いろいろ注意をする。軽い症状でも手当てをするだろう。言われて病気になった人もあったかもしれない。他方、まるでなにも知らずにのんびりしている方は、すくなくとも自覚しない病気を指摘され、苦にするということがない。無自覚の不調は自然治癒で知らぬ間に治っている——といううまいことがおこっていたのかもしれない。やはり、知らぬが仏か。

人間は生まれながら死刑囚のようなものである。かならず死ぬときまっている。ただ、その死刑がいつなのか、だれも知らない。それで明日をも知らぬ命を、のんびり生きていかれるのである。はじめから、いついつに死ぬとわかっていたら、人生というものはそもそも存在しないであろう。

いつまでも生きられるように思っているからこそ、夢をはぐくみ、未来の虹を描くことができる。いつ死ぬと知らないからいつまでも生きていけるような錯覚をもって人は幸福である。

近年、医学では告知が当たり前になった。どんなおそろしい病気でも、告知してもらった方がよい。あと何ヵ月の命と言われれば心の整理ができて、ありがたい。そういうつよい心をもつ人もあるが、われわれ、気の弱い人間は、かりにわかっていても、死期をあらかじめ宣告されるようなことは避けたい。

いつまでも生きるつもりが叶わず、ある朝、冷たくなっていた、というようなのが、まさに大往生である。知らぬが仏の信者はそう考える。

ぜいたく

戦前生まれの人はたいてい質素節約は美徳、ぜいたくはいけない、という観念がしみついてしまっている。ケチである。ほしいものがあっても高ければ我慢する。若いものから笑われるから、おもしろくない。

ぜいたくは悪くない、というのは、近代の考え方である。産業が発達した国ほど早くぜいたくの必要が認められるようになる。

産業革命にいちはやく成功、豊かになった十八世紀後半のイギリスで、ぜいたく論争がおこった。ものを消費するのはいいのか、悪いのかとやり合った。それとともに経済が宗教、倫理からはなれなくてはならなくなった。

わが国では、戦後になって、ようやく、ぜいたく論争がおこる。

友人Tくんは、高名な国文学者の息子であるが、ひところ家内でうるさい議論がつづいた。日本手拭いしかないのはみっともない。タオルがほしい、と言えば父親の老博士が、タオルはぜいたく品だときかない。

やっとタオルは使うようになるが、息子が、湯上がりのぬれたタオルで体をふくのはおかしい、バスタオルを買おうと言うと、父親は昔から、しぼった手拭いでふいてきた、それで体は乾いた、バスタオルなんてものはぜいたくだと言い張る。「わが家は毎日、ぜいたく論争でにぎやかです」とTくんは笑った。

イギリスの貴婦人はごく最近までは質素をよしとした。小包が届くと、ていねいにヒモをといて、ヒモのボールにまきつける。包装紙をのばしてたたみ、これも大事にしまっておく。いつ役に立つかしれない。ところが、メイドはそんなことはしない。ヒモは切り、包み紙は丸めてすててしまう。

そんな話を知って、たいへんおもしろいと思ったが、私自身がケチになったのは中学で寄宿舎へ入ってからで、突然、あらゆる出費をおさえるようになった。ひとつには寄宿舎では小遣いが自由でなかったことにもよる。家からの仕送りは舎監のところに保管されていて必要の都度、理由をつけて引き出し願いを出す。ほしいものがあっても我慢するようになった。そのうち毎月の仕送りが余るのがたのしみのようになる。

五年生の夏、三年のときの制服が破れたので、出入りの洋服店でとも布《ぎ》れを当てて上からミシンをかけてもらったら、せんべいのようになった。それを着て平気でいたが、面会に来た父がおどろきあきれた。

自分も学校のとき質素にしたが、これほどではない。いまから夏服を新調したらどうだ、というようなことを言った。あと二、三ヵ月しか着ない服を新しくつくるなんて考えることもできなかった。せんべいを背負って、ひょっとすると得意がっていたのかもしれない。

教師になって、つましい生活ぶりもいよいよ磨きがかかってきた。

下手な原稿をはじめから原稿用紙に書く自信がないから、下書きをする。下書きをするのに新しい原稿用紙を使うなど、考えることもできない。書きほぐしの用紙の裏紙を使う。それもなくなると裏白の広告を使う。それを噂にきいた学生が哀れと思ったのか、「買ってさし上げます」と言ったのには参った。

勤め先を停年退職したとき、ケチケチ人生は哀れ、思い切ったゼイタクをしてやろうと決心、デパートへ行って、イタリア製の靴を買い、革の鞄を求めた。いい気分だったのはほんのしばらく。あんなに高いものを買ったって、すこしもえらくはない、と後悔した。

しかし、何年もしてまた心を入れかえイギリスの生地で三つ揃いの背広をこしらえた。これはよかった。なんだか、背すじがピンと張るような気がする。吊るしばかり着ているのは情けない。ふだんにも、しかるべき服を着れば恒心をやしなうことができるのではないかと思った。

消費はやはり美徳だと思うようになったのは七十をこしてからである。老人はぜいたくをするくらいしか社会貢献ができない。

それまで所得税を払うことで社会貢献はできる、税金を払うのは誇りであると考えて内心得意になっていたが、税金を払うだけではない。消費して内需を高め経済の活性化に資するのも、世のため、人のためになると考えるようになった。われながらひとつの開眼であった。それで、いまはなるべくぜいたくをする。うまいものも食べる。

ぜいたくが世のため、人のためだけではなく、自分にとってもいいことであるとわかったのも発見である。高いもの、さして必要でもないものに大金を出すのはムダなように思ってきたが、大金を払うのは実に気分がいい。しばらくの間活力を与えてくれる。

人にごちそうするにしても、一人二人ではなく、七人、八人とまとめて招くようにする。もちろん払いはかさむが、気分のよさも格別である。

不老長寿にとって、ぜいたくは妙薬のひとつであるように思われる。元気が出る。いくらかでも世のためになっていると思えば、ぜいたくをしているという後ろめたさも消えるのである。

そうは言っても、ぜいたくは節約より難しいようである。

よくよく意気地なしなのであろう。

がまん

人間万事がまん、というほどではないが、いやなこと、つらいことは、がまんするしか手がない。天は自ら助くるものを助く、という。自ら助けるとは、がまん、である——そう考えるようになって、生きることがすこし楽になったようである。いやなことがあっても、だれも助けてはくれない。がまんしか手がないではないか、と思われる。

三十年前、歯が悪くなりだした。それまで歯はいいと思っていたから、あちこち歯が悪くなって、世をはかなんだ。歯の痛みは、経験したものでないとわからない、といった意味のことをシェイクスピアが言っている。若いときは当たり前のことを言うな、と思ったが、自分の歯が痛くなると、やっぱり、これは痛い、と思った。

銚子に歯科の名医がいるというので特急に乗って行って、銚子で治療を受ける。つぎつぎ悪くなるから、何度も銚子通いをする。あるとき、痛みが口の中にひろがったから、診てもらうと、佐藤学而《さとうがくじ》先生、

「こりゃひどい。よくがまんしていましたね」

とおどろいた。ほかのことでも、

「痛くないですか、たいていの人は痛がります。がまんづよいですね」

と感心。何度も、がまんづよさをほめられたが、本人は、ピンとこなかった。あれくらいの痛みは痛みじゃない。がまん、というほどのことではないと思った。

昔の軍隊はこどもだましみたいなことを訓練と称してやらせた。洗面器に水をはって何十人もがそれに顔を入れて、呼吸をこらえる。幼稚園ならともかく、やがて戦地へ行かなくてはならない兵隊に息をつめる練習などしてどうするか、と思ったが、命じる方はまじめである。

何度やっても、小隊でいちばん長く顔を水につけているのは私であった。ほかのことでは弱虫のくせに、この息つめ競争では、ダントツにつよいのである。まわりがあきれて見守るのが気配でわかる。ほかの連中もすこし、見直したかもしれない。

なぜ、そんなに長く息をつめていられるか。わけがある。思いつきでできることではない。長年の苦労のたまものであった。

田舎から東京へ出てきたのがいけなかったのだろう。喘息《ぜんそく》がおこるようになった。だんだんひどくなった。それまで名をきいたことがあるくらい。まわりに喘息の老人もいなかったし、小児喘息など、ことばも知らなかった。はじめのころ、喘息がおこると、いっぺんは死ぬのではないかと思うくらい、呼吸困難になる。医者にかからず、じっとこらえた。そうするとやがて消える。

まわりのものが、息を合わせてみたら死にそうになった、よくがまんできる、などと言うが、なにごとも馴れだ。本当に死にそうだったのは一度で、そのときは医者の来てくれるのがもう三十分おそかったら、冷たくなっていただろう。

軍隊へ入ったときはまだそれほどひどくはなっていなかったが、それでも、息をつめるくらい朝飯前。喘息よりよほど楽である。こうして、私はがまん力をつけていたようである。

若いころから、というより中学生のときから目が悪い。ひどい近視である。早く眼鏡をかけなくてはいけなかったのに、クラスでかけているのが、一人か二人という時代。なぜか気恥ずかしくて、見えないのにがまんした。

どうにもしょうがなくなり病院へ行った。「よくがまんしていましたね」とドクターがあきれた。もちろん、不自由だが、がまんする。手すりのあるところはかならず手すりをたよりにして階段を昇り降りする。知っている人とすれ違い、相手が声をかけても、相手の顔がはっきりしない。とんちんかんなことを言って通りすぎる。

耳も近年、ひどくなって、低い声は蚊のなくほどにもきこえない。大きな声でも早口のことばはわけがわからない。話をしていても、いちいちきき返すのはうるさいから、わからないところはパスする。一人前ではないと思うが、がまんする。相手がどう思うか、そこまで心配はしていられない。なんだったらバカだと思ってくれればいいのである。

そういう中で、ハナだけは秀逸である。ごく幼いこどものころ、母親が花の香りをかぎわける遊びをしてくれたおかげだと独りぎめしている。目は見えない、耳はきこえない、そのぶん、匂いで補おうとするのか。自分でもハナだけはいいと自信をもつようになった。年老いても、ハナは衰えない。

先日も、書きものをしていると、台所の方でサカナの臭いがする。ハテな。おかしい。台所へ様子を見にいくと、いま冷蔵庫から刺身を出したばかり、どうしてそんなのがわかるのか、とびっくりされて、こちらもびっくり、健在な嗅覚をたたえた。

おかげで悩まされもする。電車に乗っていると、となりの令夫人がちょっぴりガスを出したらしい。ご本人なにくわぬ顔をしているが、わがハナは〝くさい〟と反応する。その向こうの男性はニンニクを食べているらしい体臭である。向かい側の座席のじいさん、入浴していない臭いを発散して涼しい顔をしている。

臭ったところで、どうすることもできない。じっと耐えるほかない。がまんである。降りてホームに立つと、車内の人間くささからは自由になるが、その代わりに、複合悪臭がただよってくる。どこへ行ってものがれることができないが、長年のことで、がまんをする。

いくら汚れた世の中でも、がまんづよければ生きていかれる。心の痛みもがまん。体の不自由もがまん。やがては、心頭滅却すれば火もまた涼し、の境地に達せられるのではないか、と思って、たいていのことをがまんしている。

ついでに、死ですらがまんできないことでは……。

怒る力

私はどういうものか講演が下手である。ひところは方々へ行ってしゃべり、数だけはこなしたが、うまくいったと思ったことがない。ひそかにコンプレックスをいだいていた。

さらに話の前、控室にいると知人が「きかせていただきます」などとあいさつに来る。そうするともう頭がごちゃごちゃして、しどろもどろの講演になってしまう。

だれも知った人のいないところで話すのは気が楽で、わりあいのびのび話せる。昔から旅の恥はかきすて、というが、恥を平気でかくことができる未知のところ、未知の人は気が楽である。

きく人の大半が、知り合いとか、多少のかかわりがあるといったところでは、なるべく話をしないようにしてきたが、そうもいかないときは、ほとほと手を焼く。

こう言えば笑われるかもしれない、ああ言えば、バカにされるかもしれない、と思うと、安き心もない。思っていることの半分も言えないような気がする。仲間のいるところではスピーチでも、なるべくしないですむようにする。外国人はやはり人間のできが違うらしい。自分のする講演に細君をつれてくる。最前列に座らせて、ゆうゆうと話すのである。その心事、まったく解《げ》しがたい。ある詩人は、笑わせるのが上手だったが、そのたびに細君の方を見やってニヤリとした。ああいう神経でよく詩が書けるものだと、いやな気がした。近年は、日本人でも、自分の家族を講演会へつれてくる人がいる。日本人が変質したのか、外国かぶれか、いずれにしてもおもしろくない。

あるとき、あるところへ行って講演することになった。会場に着いてから、主催者が横柄で、いやなことを言う。こちらを半ば非難していようにもきこえる。このまま帰ってしまおうか、と思うほどハラが立った。しかし、そうもいかないから、口もきかず、プリプリしながら壇上に立った。

すると、聴衆の顔がよく見えるではないか。いつもボーッと濁って見える客席が鮮鋭《せんえい》な顔で埋まっていて、わけもなく、なにくそという気持ちがわいた。なにがなにくそ、かはあいまいだが、心が澄んでくる。こんなことははじめて。頭がすうっとして、思ったことがスラスラ、ときには、思いもしなかったことまで飛び出して、われながら快調だと思った。聴衆がよく笑ってくれたのにもおどろく。

壇からおりると、主催側の親分みたいなのが「たいへん結構でした」と本音らしい声で言ってくれた。開始前の立腹はケロリと忘れてにこやかにお茶をすする。

この講演が自分の想像をこえて、うまくいったのは、直前、主催者側の人とケンカ腰の言い合いをした。それが、よかった。ふだんないエネルギーをくれたのであろう。人が変わったようになれたのも怒りのおかげである。

十八世紀イギリスきっての文壇の大御所サミュエル・ジョンソンは苦労の人で、ドクター・ジョンソンとして史上有名である。

イギリス初の英語辞典の編纂を思い立ったが、資金がない。時の権勢家チェスターフィールド伯にペイトロン（援助者）になってほしいと懇願するが、になく断られてしまう。しかたなくジョンソンは予約出版という新手法を考えて資金をあつめた。

七年たってさしもの大辞典も完成に近づいた。伝え聞いたチェスターフィールド伯が「ペイトロンになろうか」と申し出た。ドクター・ジョンソン、大いに怒り、公開状を発表、「それ、ペイトロンとは川の中流、溺れんとするものは冷たく見捨て、まさに岸辺に着かんとするや手をさしのべるものなりや」などとこっぴどくたたいた。怒りの書かせた名文で史上有名である。

ここでまた自分のことを引き合いに出すのはいかにも気がひけるが、先にのべたのとは別にこれまた怒りに助けられたことがある。

当時、私は出版社で雑誌の編集に当たっていたが、身分は嘱託だった。ところがあるとき、アメリカ人と出版契約を結ぶ役をおしつけられた。相手はR大学の理事でアメリカから派遣されて権力をふるっていると言われたP女史。おそれをなして社員がみんな逃げて、こちらへ回ってきた。

女史は、こちらの示す出版契約書の項目をいちいち点検し、この契約にはサインできない、と言う。なぜですか？　ここには、海賊版が出ない措置をとると書いてない。日本は悪名高き海賊版出版国、被害にあってはたまらない。その旨の条項を入れろ、と要求する。

とたんに私の頭へ血がのぼる。ナニをバカなことを言う。著者と出版社は、海賊版に対しては同じ立場にある。どうしてそんなことを契約書に盛り込む必要があるのか。「貴女は誤解している。そんな条項を入れることはお断りする」と言う。

すると女史は、父が法律家で、すこしでも疑問があったらサインするなと教えられたというようなことをゴタゴタのべる。かんしゃくをおこして私は「結構です。それならこの出版はないことにしましょう」と言ってしまった（こんなことをすれば、社へ帰って、どんなに叱られるかしれないが、なんだったらやめてやる。嘱託だから辞表なんか書きたくても書けないだろうが）。

するとと女史の態度が一変し、にこにこしながら、「私が言うのが筋が違っていた。サインする」と全面降服である。私はあっけにとられて、しかし不機嫌な顔で帰ってきた。

しばらくして、学会があり、そこでR大学の幹部にあったら「あなたすごいですね。P女史をやっつけたっていうじゃありませんか。われわれが鬼よりこわいとおそれている女史をやっつけたというのは愉快です」と言われた。あの席にはほかにだれもいなかったから、女史が自分でほかの人にしゃべったらしい。日本人にはできないことだと思った。

やがて十二月になると、P女史から、クリスマス・パーティの案内が来て、「ぜひ、お出《いで》ください」と手書きで添えてある。アメリカ人はいいなと思う。

戦争中に英語の勉強をはじめたから、私は英語をしゃべることが苦手である。できることなら外国人と話すのはご免蒙《こうむ》りたいと思ってきた。P女史とやり合ったのは、あとで自分でも信じられないことである。ひとえに怒りのエネルギーのおかげである。難局に当たっては怒るに限る。その後、ずっとそう思っている。

年をとると、怒りっぽくなる。欠点だと思われているが、老人は怒りに助けられて厄介なことも乗り切れるようにというので、怒りやすくなっているのではないか。天の配剤、自然の摂理である、と本気になってそう考える。

III

散歩道

昔教えた学生が個展をひらいたのでお祝いにご馳走していい気になっていると、そのアマチュア画伯が、なにを思ったのか、こちらが毎日、散歩しているのに言いがかりをつけてきた。

「ぼくは、目的のないことはしません、したくないのです」

と、えらそうな口をきく。散歩などする人間の気が知れない、というのであろう。人のことをどう考えようと勝手だが、ご馳走してくれている人間を前にして、その人が好んでいることを悪《あ》しざまに言う神経がおかしい。非礼であると肚《はら》を立てた。この男だって、頼まれもしない画をかいて、人に見せているではないか。それは目的のあることなのか。よほど散歩がきらいなのであろう。

この連中が卒業したとき、教師の私がすすめてクラス会雑誌を出すことになった。誌名を「歩み」としたら、みんなが承知しない。もっといい名前にせよと言うのである。しようがない。二年目の二号からキザっぽいが「アイアンビック」という名にかえた。

イギリスの定型詩で、弱強、弱強のアクセントでいくのがアイアンビック調と言われる。照る日曇る日と言うが、人生だっていいことばかりではない。山あり谷ありだという心をこめた。みんな気に入ったのか、その後、途切れずに出た。こういう雑誌には珍しい。

〝進歩〟派にあこがれているくせに、歩くのが好きでないのは矛盾している。そう言っても、進歩的学生のなれのはてには通じない。こちらは、そのころ散歩に凝っていた。もともと、歩くことがきらいだったのである。まわりのヒンシュクを買っていた。新しい発見をしたように思っていたフシもある。このアマチュア画伯も、そのひとりだったのだろう。

いつごろから歩くようになったのか。はっきりしたことは覚えていないが、三十代前半であったのはたしか。人からすすめられたのではない。書きものをしていて、どうにもうまくいかないことがある。そんなとき、机の上でくよくよしてもラチのあくわけがない。思い切って夜中の道を二十分、三十分歩く。そしてふたたび机に向かうと、いくらかうまくいくような気がする。そういうことが度重なって、歩くと頭がよくなると思うようになった。

仕事がうまくいかないときに限らず、気がくしゃくしゃしたりしているときは、歩くのがいちばんの気分転換になることを信じるようになって、時間があればもちろん、なければ、時間をつくって、歩きまわるようになり、やがて、コースもおのずからきまった。

思いがけない余禄があった。頭がすっきりするだけでなく、胃の調子がよくなった。それまで、ときどきだが胃を意識することがあった。痛むのではないが、妙に重い感じである。散歩をするようになって、いつしか胃の存在を忘れるようになった。

はじめは夜、歩いていたが、暗い道は危いので、朝にきりかえて、起きぬけに歩くことを日課とした。同じ歩くにしてもゴミゴミしたところよりは自然の中で歩いた方が気持ちがいい。あれこれ試みた揚句、最高の散歩道は皇居を取り巻く周回道路であるという結論に達した。

うちから五キロはなれている。そこで一周約四キロを歩くのはたいへん。どうすればいいかなど考えてみなくてもはっきりしている。大手町まで地下鉄で往復すれば、なんでもない。六ヵ月の地下鉄定期を買った。これが思わぬ効果を発揮する。なんとなくけだるく、起きるのがおっくうな朝でも、定期がもったいない、と思うと、体がしゃんとする。根がケチにできているから、定期は使わなくては損だ、という本音を味方にして、ほとんど休まないようになった。

季節にもよるが、三宅坂《みやけざか》のゆるやかな下り坂を歩いていくと、左手、お濠《ほり》をへだてて皇居の森が望まれる。うまくいくと、その上から朝日が顔をのぞかせる。この世の光ではないような光を浴びると、わけもなく神々しい気分になる。昔の人が朝日を拝んだのがわかるような気がする。浩然の気ということばを昔、漢文で習ったが、これぞ浩然の気というのであろうと感じる。

ときには、こどものころ歌った唱歌を口ずさむこともある。ときどき顔を合わせる外国人がグッドモーニングと声をかけてすれ違う。

日によっては妙にあれこれアイディアの浮かぶ日もある。立ち止まってメモする。そのためにいつも紙切れとペンをもって歩く。そうして思いついたことを原稿にしたことがすくなくない。メモしていると、濁った頭もいくらか澄んでくるような錯覚を覚えたりする。

先年から、メタボリック症候群が問題視されるようになり、その予防に、散歩がいちばん、と医師が口をそろえて言うようになり、にわかに散歩が流行しだした。こちらは逆におもしろくなかった。

万歩計が人気になって、つけてこどものように喜ぶのを見て浅ましいと感じ、ついでに散歩のたのしみが汚されたような気がした。しかし、散歩は休まない。体調が悪いと、散歩できないのがいちばんつらい。そして、散歩中に頓《とん》死《し》できたらとラチもないことを願ったりする。後述の「歩き終わって……」でふれるK社の石川社長は、ほぼその理想の最期をとげたのだと考える。願って叶うことではないが、できればあやかりたいものである。

散歩を日課にすると、雨の日が問題になる。

梅雨《つゆ》時のように何日も雨がつづくと、体の調子がおかしくなったり、そのあと朝、出るのがおっくうになる。ことに年をとると雨がうるさい。

八十歳になる前、雨の日にも散歩をするグループをつくろうと思い立った。それまでときどき顔を合わせる年寄りに語らって、雨の日も歩く小さなグループをこしらえた。七十五歳以上、八十五歳未満という条件をつけた。四捨五入で八十である。雨の日、傘をさして歩くから、傘の会とした。傘は「仐」。八十に通ずる。こういう他愛ないことを喜ぶのは老人の稚気である。

傘の会は日曜に歩くのだが、雨のふる日曜は案外すくない。たまに雨だと、みんな、といっても五、六人だが、嬉々として傘をならべて歩く。おしゃべりがすこし不自由だが、そのぶん、みんな元気を出すようだ。

手にも散歩

ネコも杓子《しゃくし》も、と言うほどではないが、むやみに歩く人がふえると、昔からのウォーカーはなんとなく鼻白む思いをする。

新参の散歩者はだいたいにおいてマナーがよくないようで、よくすれ違うときも、難しい顔つきで、大手をふって行ってしまう。追い抜かれるのも愉快でない。大きな尻を左へ右へふりふり歩くのが流行しているらしく、はなはだ目ざわりである。しかし、公道を歩かせてもらっている以上、ぜいたくは言えない。かつてのように前に人なく後にも人影なし、といった早朝のウォーキングがなつかしくなる。

あるとき、歩きながら考えた。

脚だけを散歩させて喜んでいるのはおかしいではないか。昔、昔の大昔、人類はほかの動物と同じように四つ足で歩いていたはずである。脚で一万歩歩くなら、手も一万歩動かさないと、手もちぶさたになる。健康にもよくない影響を及ぼすだろう。

この点で、男は女性より条件が悪い。仕事によっては、ほとんど手を働かせないですむ。それを楽だと言っていると思いがけない疾患にやられることになる。もともと男ほど体を動かすことのすくなかった女性は、家事でたいへん手をよく使っている。

ある調査によると、女性は男性ほど散歩しないのに生活習慣病が男よりすくないそうである。それだけ女の人は手を動かしている、こまごました家事は多く手仕事である。これが健康によいという。脚の散歩が足りなくても手の散歩をたっぷりしていれば運動不足になる心配はすくない。

うちの年寄りはもう二十年も前に亡くなったが、九十五歳まで長生きした。亡くなる数年前まで、ひょっとすると死なないかもしれないと思ったほどである。ところが糖尿病で目が見えなくなって、それまでのたのしみ、生きがいの毛糸の編物ができなくなった。目数がかぞえきれなくなったのである。「もう編物はできない」といってやめなくてはならなくなった。すると、急に体力が落ちてきて体調もよくないことが多くなった。

手を動かさないのがいけないことは本人もまわりもわかっていたが、こればかりはどうしようもない。あとに残ったものは、編物をしているうちに亡くなったら、どんなに本人も幸せだったであろうなどと勝手な想像をしたけれども、それではいつまでも死なれなくて、かえって困ったかもしれない。

考えてみると、男性のサラリーマンはペンより重いものをもたずに一日を終えることができて、重労働の農家の人、とくに女性がサラリーマンを羨しがった。自分たちはどうすることもできないが、娘は農家へやりたくない。サラリーマンがいい。それには大学へやるのが現実的である。

娘にも異論のあろうはずはなく、郷里をはなれて、大学に入る。家政学部などだと、農家へいくことになるかもしれず、それは困る、というのでフランス文学などを専攻する。これなら農家から声のかかる心配もすくない。おかげで農村に若い女性がすくなくなる。結婚相手に逃げられた農村の青年たちは浮き足立って、都会へ出てサラリーマンを志すという順序になる。

五十年の間に、地方から都会への人口の大移動がおこったが、それは同時に、生活様式の大変化ということであり、体を動かすことのすくない人間がおびただしくふえるのは当然である。メタボリック症候群、といった、かつては名前をきいたこともない不健康に苦しむ人が多くなった。

それとともに、散歩がすすめられるようになったのだが、なお、たいていの人が、それだけでは充分でないことを知らない。すこし歩けばそれで充分だと考える。これは男女の差がない。手の散歩という考えそのものが欠けている。

かつての女性は、家事、片づけ、とりわけ洗濯というものがあって手の散歩にこと欠かなかった。電気洗濯機の出現で女性は重労働から解放されたが、それだけ運動不足になったことを反省しなかった。不都合が生じつつあるのはやむをえない。

手にも散歩、といっても、実際、なにをしていいのかわからない。ことに男性は手を遊ばせている。そうでない代表は、オーケストラの指揮者である。全身を動かすが、とりわけ両手、両腕を派手にふりまくる。すばらしい散歩である。指揮者に長寿で現役というのがすくなくないのも、手の散歩のせいだろうと見ている。

それほどは派手ではないが、欧文タイプを打つのがよい運動であった。このごろはコンピューターである。力はいらないが、両手を使うところがいい、ケイタイは片手であるのが難である。

うちでは、十年前から家人が歩けなくなった。家事の大半をこちらが受けもつようになった。ほかにする人もないのだから、こちらがするのは当たり前。人に頼むという手もないわけではないが、わが家の乱雑を他人に見られるのはつらいし、気兼ねしてしてもらうより、いい加減であっても、自分ですれば、面倒がない。すこしもたいへんだと思うこともなく、炊事もする。

知り合いから、よくするといって同情かたがたほめられるが、よけいなお節介である。ずっと文字を書くことくらいしかしていなかった手が忙しく働く。気分がいい。そればかりか、血の巡りもよくなったような気がする。そう思うと、家事がすこしもうとましくない。

若い友人が、奥さんを亡くして茫然自失、元気がない。はげますつもりで、これからは自分で食事をつくり、家事をこなしなさい、怠けものこちらにもできるのだから、まっとうな人にできないわけがない、などとすすめたが、傷心の友人はほとんど反応しなかった。

「それに家事をすると、頭の働きもよくなるようですよ。ぼくは前よりいくらか頭がよくなったような気がします」というと「ほんとですか。そんなら、いやだがやってみましょうか」と言った。頭のよくなる、というのは出まかせではない。実感がある。

週に三、四回、公園の朝のラジオ体操をする。考えてみると、体操はかなり多く手や腕の運動をするようになっている。片手だけ動かすようなことはしない。ただ、十分間では短すぎる。同じことなら水泳の方がずっといい運動になる。体にもいいし、むやみに競争したりしないで、ゆったり泳いでいれば健康効果は大きいと想像されるが、年寄りの冷や水、いざとなると尻ごみをする。水泳クラブで何千メートルかを泳ぐ先輩が、身心ともにたいへん元気であるのを見ると、われ及びがたしと、溜め息をつく。

新しい手の散歩を案出したいと、ときどき半分本気で考えるが、怠けものだから、うまくいかないだろうとあらかじめ自分でタカをくっている。

心の旅

昔、学校で教えた篠塚輝子さんは実にいい人だった。いつもやさしいことばをかけてくれ、あたたかく、いつしか教師と生徒ということを忘れるようだった。

彼女は自宅でクッキング・スクールをひらいて中高年の男女に生き甲斐を与え、人生を楽しんでいる風であった。大の旅行好きである。アメリカへ行ってくるといってかなりの期間、あちこちまわったらしい。「夢のようでした」と言って帰ってきた。

それから間もなく、ガンになった。おどろいた。やっぱり年をとって外国旅行などするものではない、という持説を再確認したが、彼女はそうは思っていなかっただろう。最期までもち前の明るさで生きてもらいたいと思ったから、料理教室のレシピを写真入りの本にしてやってほしいと彼女の同級生に頼んだ。病床の篠塚さんは喜んでその編集をした。本ができて間もなく、彼女は帰らぬ人になった。すばらしい最期ではないか。そう思ってその死をいたんだ。

友人Oさんはまだ若く、奥さんはもっと若いが、奥さんがあっという間に亡くなって、われわれをおどろかせた。

もともと旅行が好きだった奥さん、瀬戸大橋ができて、クルマで四国へ行くことを考えるようになった。Oさん自身も旅行はきらいではない。クルマを運転して大橋をわたり、松山の道後温泉で、漱石ゆかりの湯につかって、夢のような日をすごして帰ってきたという。

その直後、奥さんは倒れ、あっという間に亡くなってしまった。Oさんは旅行へ行ってきたのをせめてもの慰めとした。

私ははじめ、やはり旅行がいけなかったのだと思ったが、だんだん、たのしい思い出をつくって亡くなったのなら、本人は本望ではないか。若いとかというのは未練で、老いてひとりベッドで病苦にさいなまれても死なない長命などよりどれだけ幸福だったかわからないと思うようになった。私の旅行観はここでも修正された。

本家のおばあさんが亡くなったのはもう七十年も前のことである。信心深い人で、その影響もあって私はいま毎日、お寺へ朝まいりをしている。私が小学生のときターザンのまねをして怪我をし丹毒《たんどく》になり死にかけたとき、入院中つきそってくれた。

彼女は、四国八十八ヵ所をまわるというのが若いときからの夢だった。私の入院中によくその話をした。ところがおじいさんが名うてのケチで、生前とうとう、うんと言わなかった。

七十近くなって、ようやく行けるようになるが、四国は無理だった。そのころ三河から四国はいまのヨーロッパくらい遠かった。近くにある八十八ヵ所のミニアチュア、新西国三十三ヵ所をまわってきて、「もう死んでもいい」と言った。するとそれに合わせるように死んでしまった。まわりも「夢を叶えてからでよかった」と言って冥福をいのった。私もそう思った。

私は自分が旅行が好きでないこともあって、老人は旅行しない方がいいというのを信奉し、人にもふれまわった。しかし、篠塚さんやO夫人、さらには本家のおばあさんのことを考えると、好きな旅なら、フィナーレを飾る花になるのではないか、と考えを変えるようになった。そして、なぜ、老いてからの大旅行が、死の引き金になるのかを空想したりする。

好きな旅行に出れば、毎日は夢のようである。夢中になって風物をめでる。疲れたと感じるひまもないだろう。

帰ってくれば、どっと疲れが出るが、半ば興奮をしている本人はそれを受け付けない。ただ体の方はもちこたえられなくて不例を呈する。祭りのあと、大仕事をしとげたあとに、おそろしい反動がくるのを荷おろし症候群だという人もある。停年退職した人が、早く亡くなるのなどはその例だという。旅行は退職とは違うけれども、帰ってホッとするところは荷おろし症候群に似ていなくもない。

そんなことはどうでも、たのしかったあと亡くなるのは、なにもせずに死ぬのに比べたら、どんなにいいかしれない。年をとっての大旅行たいへんによろしい。自分のたのしみだけでなく、旅行で金を使えば、経済から見て内需拡大とやらにひと役買うことになる。世のための旅行である。胸をはって大いに飛びまわっていいのである。

そんなことを言っても、私はもともと出不精である。用事がなければ遠くへ行くことはない。旅行を喜ぶ人にも同情がない。山登りに行って勉強会を休んだ老人に、年寄りの冷や水、などとにくまれ口をきいたりもした。たえず旅行している後輩には「ころがる石は苔《こけ》をつけない」と苦言を書き送ったこともある。しかし先のようなわけで、だんだん旅行の価値を認めるようになったのである。

とはいっても、すぐ旅行をはじめる気はしない。そういう豹変を許さない年になってしまっている。代償旅行?ということを考えついた。自分では心の旅だと思っている。金も時間もかからぬのは本モノの旅行よりすぐれているとひそかに自惚《うぬぼ》れている。

毎日曜日、NHKテレビに年来の人気番組「小さな旅」がある。私は三十年前くらいからファンで、万障繰り合わせて見るようにしている。

年をとってくるとテレビはうるさいばかり、ときにはニュースも見ないこともあるくらいになる。しかし、「小さな旅」は別格である。大好きなテーマ・メロディをきくとすこし心が高ぶる。そのあと男性アナウンサーの声がすると、なぜかよかった、と思う。どうも旅の案内は男性の方がいいような気がするのである。

二十五分が夢のようである。終わってわれにかえると、はっきり元気になっていることが多い。心の旅は、心の洗濯で、命をのばしてくれる。本気にそんなことを考える。こんな手軽な頭と心の健康法は、すくなくとも、私にはほかにない。

口舌遊歩

散歩をしていかにもよいことをしているように考えるのは、すこし幼稚な考えである。もちろん歩くことは心身によい効果があるけれども、それだけで運動は充分とするのがよくない。前々の節でものべたが、かつて歩くのに使っていた手を歩かせてやるのは当然のことである。それに気がつかないのはやはり思慮が欠けているのである。医学なども、しっかりした手の運動の健康効果、治療効果についての研究をしなくてはならない。

しかし、それは先々の話である。高齢者はそれを待ってはいられない。気がせく、セッカチだから、めいめいで手の散歩道をつくり上げる必要がある。すくなくともすこし知的な人間なら、それを思わないという手はない。

脚から手へ上がってくれば、つぎは口である。いくらなんでも口に散歩などできるわけがない、などと考える人が多いだろう。私も若いときはそうであった。弱虫でよく寝込んだが、もちろん、元気なときの方が多い。そして、脚の散歩、手の散歩で乏しいながらも活力を得ることができるのを体得したが、その勢いで、口舌の散歩を思いついて、ひそかにわが発見なり、と自惚れた。

口舌は、もちろん、散歩などするためにあるのではない。ものを食べる、ことばを発するという第一義的役割をもっている。しかし四六時中ものを食べているわけではない。食べないときは口は遊んでいる。もっとも、話をするときには出番のある口舌であるが、これだって、いつも話をするわけではない。だいいち相手がない。用事もない。となれば黙っていて出番がない。口ぶさたになる。沈黙は金なりというのは愚かな、おしゃべりを戒めることばであって、人間の健康にとって沈黙は大敵である。ひとり住まいのもっとも困るのは、話し相手がなくて、テレビでも見るしかないことである。

友人の須賀野くんは、細君に先立たれて、こどももないから、ひとりぼっちになった。生活の賢者だった彼はこれがよくないことをいち早く気づいた。東北の県庁所在地に住んでいるから喫茶店が近くにいくらもある。それで、毎日、午前と午後、喫茶店でコーヒーを飲むのを日課ときめた。コーヒーが飲みたいわけではなく、店の人とことばをかわし、世間話をするのが目的である。行きつけていると、店によってはいい顔をしないところもあって、よく店をかえた。一年もすると、いい刺激を与えてくれるところがなくなって、須賀野くんは一駅列車に乗って隣の町の喫茶店へ通う。そこもやがてあきてくるとつぎの駅前喫茶となり、だんだん遠出するようになった。

私が話をきいたときは、新幹線でひと駅先の大きなマチの喫茶店へ通っているというので感心した。こちらはケチだから、そんな金をかけてまでおしゃべりをしなくてもと思ったが、彼は、金のことはいい、こどももいないことだし、すこしくらい残してもしかたがない。それより、他愛ないおしゃべりで金を使うのはすこしも惜しくない、というようなことを言った。

彼はだんだん遠出の距離がのびて、北陸の温泉地をわたり歩いた。目当ては、旅館の仲居さんとのおしゃべりである。それをどれくらいつづけていたか知らないが、ある仲居さんと意気投合、結婚してしまった。「新郎はじじいだが新婦はまだ新しい」とふざけたあいさつを寄こした。口舌散歩を行く達人だと思うが、気の小さい人間には、おいそれとまねるわけにはいかない。

しかし、口舌の散歩、おしゃべりが、手足の散歩に劣らぬ運動効果があることはずっと以前からひそかに自覚していた。ただしゃべるように考えられがちだが、しゃべるのはたいへんな体力を消耗するのである。

その昔、小学校の新任教師が、若いうちに結核、当時の肺病にかかってバタバタ倒れた。世間も不思議がった。学校の先生は楽な仕事であるのになぜ病気になるのだろう。先生たちもわけがわからなかったのだが、いつだれが言い出したかわからないけれども、黒板に白墨で字を書く、消すとコナが飛ぶ、それを吸って先生は肺病になるという説がひろまった。どこではじまったのかもわからぬままこの白墨害によって発病するというのが日本にひろまった。だれも否定するものがなかったから、教師自身もそう信じた。神経質な先生はハンカチで口をおおって黒板の字を消す。そういう先生もすくなくなかった。教員が結核に倒れたのは白墨のせいなどではなくて、過労が原因であったのである。労働は体を使うことなりと思っていた時代、教師はまるで労働していないようであったが、実はそれが誤解だったのである。

声を出すのはたいへんな運動である。大きな声でしゃべるのは軽いジョギングをしているくらいエネルギーを消費するという説もある。なれない授業で声をはり上げるのはそれこそランニングをしているくらい疲れる。ことに大声で話すことになれていない、話し方もよくわからない新米の先生には重労働であった。それをだれも知らなかったのは悲しむべき無知である。

師範学校は小学校の先生を養成する学校だった。いまの教員養成に比べても格段、ていねい懇切に教授の方法などを教えたが、読み書き算術を中心教科と考える旧式思想にまどわされて、声のことはまるで考えなかった。一日、五時間も六時間も大声でわめくようにしなくてはならないのだから、発声法の訓練は不可欠のはずである。それを怠ったのはたいへん危険であったと言わなくてはならない。

しかし、声を出すのは健康的である。教師が概して健康なのも、ひとつは声を出すからである。先生にとって授業は口舌の散歩ではないが、かりに、散歩と見立てるならば、その効果ははっきりする。声を出して授業するのを口舌による健康法の実践であると考えれば、こんな恵まれた仕事はないことになる。

お寺のお坊さんは、もっと純粋に口舌の散歩のご利益《りやく》を受けることができる。お経などなにを言っているのか、もちろん存じ上げないが、大声で木魚の伴奏つきでお経をあげていれば、ひじょうに健康的である。実際、元気だった和尚が引退すると早く亡くなるのは、健康運動を急にやめるからだろう。思慮ぶかい僧は、なるべく引退をおくらせるために、息子は外へ出してサラリーマンかなんかにして孫へ寺を引継ぐことを考える。

そんな策略を弄するまでもない。隠居しても、口舌遊歩の生活を工夫すれば、衰えることはないのである。おしゃべり、声を出すのは、たいへんな心身強壮のクスリである、といっても、決して誇大放言ではない。

頭の散歩

年をとるといろいろなところで若い人たちにかなわなくなる。仕事なども一人前のことができなくて退職する。

そんな中で、若い世代に負けないこともわずかだが、ないわけではない。そのひとつが朝の時間である。

年寄りはもっと寝ていたいと思っても目がさめてしまう。時計を見ると三時半である。さて、もう一度眠られるか、どうか。できればもうひと眠りしたい。そう思って目をつむっているが、いっこうに眠くならない。ラジオのスイッチを入れると、深夜放送をしているから、その相手をするが、六時まではひどく長い。

知り合いのある人は朝がこわい。早く目がさめたらどうしようもない。いつも、早く目がさめませんようにと念ずるのだが、目がさめると二時前、それから四時間、どうしてよいかわからない。又寝して、うまく眠られるのは十日に一度くらい。朝がこわくなる。

若ものの生活を中心にして考えるからそんなことになるのだ。年をとったら、とったらしく、自己の生活のリズムというものをこしらえるのである。だいたい自信がなさすぎる。プライドがあれば、いくら夜中に目がさめても、あわてることはない。このまま起きてもいい、仕かけているあれを片づけるか、などと考えていると、やっぱり眠いとなっていつしか、眠りにおちる。目がさめてみたら七時をすぎていたということになる。

早く目のさめるのをおそれるなんてバカげている。若いものはいくらもがいても、二時や三時に目がさめない。さめてもすぐまた眠る。そして、遅刻しそうになるまで目があかない。羨しがることはない。早く目がさめるのも自然の恵みである。

天井をにらんで、あるいは薄目をひらいて頭に浮かぶよしなしごとの流れに身を委ねる。しばらくはたわいもないことばかりだが、そのうち、頭のモヤが消えるともなく消えて、明るい光がさしはじめる。ずっと昔亡くなった友人のことがわけもなく思い出されるが、センチメンタルな追憶ではなく、その人が残したことばをおもしろい、と感じて、あれこれ思いめぐらしていると、近ごろ考えていることに結びついて、思いがけない啓示のようなものになったりする。

これはおもしろい、忘れそうだ、メモしておくか。灯をつけて枕もとの用紙に心覚えをしるす。これはいいぞと思っていると、別のことが頭に浮かぶ。前に考えて、どうもうまくいかなかった問題のつづきである。もうひと押しすれば、道はひらけそうな気がする。

選挙で当選する人の中にどうかと思われるのが交っている。どうしてああいうのが出てくるのか、有権者はまじめに投票しているのか。昔は加藤清正などと書いたらしいが、いまは、ふざけた投票はなんと書くのだろう。多数決というのは一種の暴力かもしれない。少数は自分の力を発揮できなくて、がまんしなくてはならない。堪忍袋の小さなのが暴走すると、テロというわけだ。……そんなことを考えるともなく考えると、いつしか時はたっている。さあ、起きなくては。五時をすこしまわっている。支度をして、地下鉄の駅に向かう。皇居のまわりを散歩するのである。

電車に乗ってアナウンスをきくともなくきいていると、「丸ノ内線はワンマン運転をしています」と言う。ワンマン運転というのは車掌のいないバスをワンマンバスとよんだのにあやかっているのだろうが、果たしていまどき車掌がいないという意味にとっている乗客がいるのか。

さらに手荷物は前にかかえるようにして乗り降りしてほしいという。幼稚園のこどもに対するような親切さで恐縮するが、ありようは、荷物を横にしていると閉まるドアにはさまれる。すると発車がおくれる、それは困るという意味をカムフラージュしたものだ。ことばのアヤと言うのだろうが、多くのあいまいな表現は意図的なボカシだから、一般には通じないかも……。

そんなことを思っていると、乗り換えを間違えそうになる。一時間半ほど歩いて帰ってくるころの気分は爽快で、新しいアイディアの得られた日は文字どおり、グッドモーニングである。

多少は疲れているが、朝食までの短い時間、新聞などに目を通すのはもったいない。書きかけのものがあればつづきを書く。歩いている間に浮かんだ考えのメモを見返したり、忙しいが、一日でもっとも頭のよい時間だと思うから、すこしでも、朝飯前の作業をする。ゴールデン・タイムである。

これに比べると夜おそくなってからの時間はストーン（石）で、頭も石頭になる。食後がいけない。とにかく頭を休ませてやる。昔の人は親が死んでも食休み、と言った。朝食後の休みはとりにくいが、すこしでもとる努力をする。

朝飯前の仕事は能率がいい。頭がいい状態にあるからで、厄介なことでも簡単に片づく。辞書には、朝飯前の仕事を簡単な仕事と定義しているようだが、仕事が簡単なのではなく人間の頭がよく働くから、面倒なことでもさっさと片づく。昔のイギリスのある作家が難問にぶつかると、きまって、「いや、朝になれば解決しているよ」と言ったと伝えられている。朝の頭は金である。

朝の頭がよいのは、よく整理がついているからで、夜の間に、頭の中の掃除がすんでいる。ゴミは自然に排出されるから、目覚めの朝はすがすがしく新鮮である。よく働く。

しかし、ものを食べると、血が頭から胃の方へ流れるのか、頭の血のめぐりが悪くなり、ひょっとすると眠くなる。ものを食べたら休む。つぎは昼飯。これも食前は、朝飯前ほどではないが、頭がよくなっている。学校などはここでいちばん難しい勉強をするのが賢明で、食後はまっとうなこどもは居眠りをして頭を休業にする。

昼食前は銀の時間、食後は、鉄の時間になる。そして夕食前にまた銀の時間がやってくる。朝には及ばないが頭がよく働く。学校の生徒はこの銀の時間の活用を知らない。夕食後に勉強をはじめる。愚かである。夕食後は鉄である。おそくなって疲れが加われば、石の時間。ここで勉強していると石頭になる。

頭にも散歩させなくてはいけない。

朝飯前がいちばんいい時間だが、ただ手足を動かしているのではもったいない。頭を遊ばせるため思考の散歩をしてもらう。朝歩いていて生まれる考えをもとにした朝の思想は、夜型思想とは違い、創造的、前進的である。頭の散歩は朝がいい。勤めなどにしばられている働きざかりの人たちは、そうとわかっても、朝の散歩によって自分を高めて行くことが難しい。ろくにすることのない老人は時間の金持ちである。うまく使えば、現役のときとは違った豊かな精神生活ができる。

現代の夜行性文化、動物的思想を脱却するには早起きの力が大きい。老人力によって新しい文化の時代を拓くことは、たのしい夢でありうる。

脚にはじまり、手、口と上がってきた散歩は頭の散歩によってとどめを刺す。散歩を口にするのなら、そこまで行かなくてはウソだ。メタボリック症候群の対策などに矮小化してはもったいない。

つい先日のこと、いつものように四時前から目がさめる。いつものように、ぼんやり天井をながめていて、フト、空想もいいが、起きて仕事をすれば朝飯前の仕事になるではないか。そう思って起きだし、身仕度をして机に向かった。前日書きかけた原稿のつづきを書くと、わりにうまく進む。五時半までに、予定以上の仕事ができた。そこで、外へ出て朝の散歩にかかった。

こうすると、たくさん仕事ができる。よし、これで行こうと考え、翌日から、散歩前の仕事をスケジュール化することにした。はっきり、仕事がはかどる。なぜもっと早く気がつかなかったのか。

歩き終わって……

短いあいさつをのべたあと、壇上から降りたと思ったら、方向違いの私の席へ歩み寄って、

「ごぶさたしています。お元気そうでなによりです。きょうは失礼します」

そう言い残して知事は風のように消えた。びっくりした私はロクに口がきけなかった。それにしてもよく見つけたものだと感心して、なんとも言えない気持ちになった。

静岡雙葉学園が創立百年の記念の祝賀会をひらいた。私は関係者の末席ながら最前列で参列していたのである。地元、静岡県石川嘉延《よしのぶ》知事（当時）は主賓として冒頭の祝辞をのべた。そして、そのあと、はじめに書いたように私のと

ころへやってこられた。あらかじめ紹介されていたわけではなく、私のいることなど知っておられなかったはずなのに、ちゃんと認めたその目はやはり政治家である。あとで学園の理事長から、

「どうして知事とお親しいのですか」

ときかれた。東京からやってきた人間に、知事がわざわざ歩み寄って親しげにあいさつするのを見て、不思議に思ったらしい。

「ちょっとしたご縁がありまして……」

と私は話しはじめた。

若いとき、私はK出版社の嘱託をして、英文学の月刊誌の編集に当たっていた。いろいろ人に言えない苦労もして十二年、その雑誌のために汗をかいた。会社の経営方針がおもしろくないが、嘱託の分際でできることはなにもない。編集の仕事には未練があったが、思い切って辞めることにした。そのとき、いまにして思うとよけいな憎まれ口だったが、

「十年もすればこの会社はおかしくなる」

と幹部社員の何人かを前にして予言した。

忘れているうちに十年がたって、K社が本当におかしくなってしまい、私の予言は不幸にしてまぐれ当たりをしたのである。その直前に、もう一度、社へ戻って仕事をしないかと誘いを受けたけれども、もちろん問題にならない。いまさらあらわれたらお化け幽霊であろう。私にはK社に対する温かい気持ちはほんのわずかも残っていなかった。ザマを見ろ、とまではいかないが、老舗《しにせ》が斜《かたぶ》いたのを遠くから眺めていた。

K社はメガバンクS銀行によって命をつないだ。社長としてS銀行の支店長が乗り込んできたという風の便りにもなんの興味もなかった。銀行屋に出版がわかるはずがない、結局失敗するだろうと無責任なことを考えた。

そんなあるとき、その石川雅信社長から招待を受けた。ご馳走になりながら、かつてのK社の様子などをきかれたあと、新生のK社の課題について意見を求められた。もちろん一介の元編集者にそんなことがわかるわけがないが、石川社長の誠実な人柄にひかれてあれこれ考えを披瀝《ひれき》した。あとで思い返して、われながら気恥ずかしいほどであった。銀行にはやはりりっぱな人材があるのだということもわかった。

しばらくすると、こんどは、講演を頼まれた。静岡県のある町の成人式で話をしてほしいと言われる。どうして、静岡の話をとりつがれるのかと伺ってみると、「弟が知事をしているので……」とだけ答えられた。それより以前に、石川社長が、大学を出ていないで支店長になった逸材であるということはきいていたが、それにしては、弟さんが知事というのが、すこしわかりにくい。

これはあとからきいたことだが、石川社長は早く父を失い、自らは進学をあきらめて高卒で就職、弟を東京大学へ進ませた。その恩に感じた弟が努力したのであろう。すぐれた官僚になり、静岡の知事になったというわけだった。

はじめての知事選挙のとき、石川社長はそれこそ全力をつくして弟を当選へもち込んだ。K社はそのころ経営は軌道に乗っていたが、版権関係で大きな問題をかかえて、心労もなまやさしいものではなかったはずで、その苦労はだれにもわからぬくらい大きかったに違いない。

石川知事が誕生して、社長はどんなにうれしかったであろう。生き生きとして会社の仕事をこなしておられたらしい。

毎日、昼の食事がすむと、社のまわりを散歩するのが石川社長の習慣だった。ある日、その散歩を終えて帰り、社の玄関の階段に足をかけたところで意識を失い、そのまま帰らぬ人となった。

第三者があれこれ忖度《そんたく》するのははばかられるが、社長の死は大往生といってよいもので、ご本人は死をおそれる時間もなくて他界されたことを悲しんではおられまい。すくなくとも、この世で漠然たる死の影におびえて生きている年寄りには、羨しいばかりの最期であるように思われる。

「兄を殺したのは私です。私の選挙にそれこそ命がけで働いてくれました。ありがたいと申しわけない、の両方の気持ちでいっぱいです」

と石川知事がのべられるのを直接伺って、兄弟愛の美しさに心うたれたが、同時に、そう思われて死ぬのは、人生にとってすばらしい花であるような気もした。

悠々自適

望月さんは目ざましい教育者であった。

ずっと東京の小学校で教えた。ひと口に小学校で教えたといっても、戦後まだ間もないころのことである。教師たちは、「先生は先《ま》ず生きよ、と書く、生活第一、われわれ労働者は、まず働くもののために戦う」などといったわけのわからぬことを口ばしってあばれるのが活動的であると思われていた中で、望月さんは黙々と勉強し、こどもたちの学力をのばす工夫をする異色の先生で、一部の保護者からは信頼されたものの、同僚の間では、堅物、変わりもの、保守のイヌなどと言われたそうである。教育混乱の最中にも、そういう教員がいたことを歴史は忘れてはいけないだろう。

実直な努力が上司から評価されて、いち早く管理職、教頭になった。そうすると組合の攻撃はいっそうはげしくなった。校長の言うことと一般教員の言い分はつねに正反対であり、それを調整しなくてはならないのが教頭である。いつもだれにも言えない悩みを一つや二つかかえている。その吐け口もなく、毎日の仕事をこなす。たいていの人間はおかしくなる。いちばん多いのは十二指腸潰瘍《かいよう》だそうで、ひところ一部で、教頭病と言われたことがあるらしい。

望月さんは神経がしっかりしているのか、体がつよいのか、その十二指腸潰瘍にもならず、外見は元気そうに仕事をこなした。

それが評価されないわけがない。世間は案外、正直である。本人もおどろくほど早く校長に抜擢されたのはいいが、名うての難校、つまり組合のうるさい、やっかいな学校であった。真面目な望月さんは、そんなことは意に介しなかったのか、顔色ひとつ変えず堂々と赴任したそうだ。

そこでどんな苦労があったのか、家人も知らなかった。うちで仕事のグチを言うようなヤワな人間ではなかったのだろう。家人もあまり心配しなくなっていたという。一つ目の学校をとにかくおさえた。それが注目されてつぎは、もっと手ごわい学校へ移される。そこもなんとか切り抜ける。そうして、十年余り問題校の校長をやりとげた。

さすが終わりのころになると、早く辞めたい、早く停年になってほしい、とこぼすこともあったらしい。そのうちに、退職の日を口に出して待ちこがれるようになった。よほどおもしろくないことがあったに違いない。

そんなことができるのかどうか、外部のものには見当もつかないが、退職金の前借りをして退職後の住まいを新築した。大好きな釣りも思うにまかせなかった、その埋め合わせのつもりだろう、釣りに適した多摩川べりに新居はできた。待ちこがれた退職と同時に、毎日、釣り三昧の生活に入った。

知友に、「悠々自適、釣りに余生をかけようと考えています」といった挨拶状を送った。庭先のすこし先が川で、下駄ばきでも釣りに出られるのだから釣り好きには天国のようであったに違いない。

ところがその年の六月の中ごろ、望月さんは亡くなってしまった。

だれもが、まさか、どうして、と思った。きいてみると、その日も釣りに出たそうである。帰ってきて、餌を針につけるとき、指の先のどこかを針で突いたと言う。永年している釣りで、それくらいのことは別に珍しくもない。本人も平気だったはずなのに、なぜか帰ってきてそのことを家人に告げた。その夜の間に高熱が出て病院へかつぎ込まれた。破傷風だったという。そんなに急変するものかどうかわからないから、まわりのものは仰天、天をのろった。

組合を相手に十数年、口では言えない苦しみにたえて、退職を迎えた望月さん。夢に見ていた釣り三昧の生活に入ってたった二ヵ月、とるに足りない小さな傷で、あっけなく命を落としてしまった。皮肉である。不思議である。苦しみには負けなかった勇士が、たのしみに虚をつかれた。亡くなった本人の心中を忖度《そんたく》するのは不謹慎だが、「これでよかったんだよ」と思ってあの世とやらへゆかれたような気がする。

望月さんのお通夜へ、都の教育委員会で年金関係の事務を担当する人が来ていて、問わず語りにこんな意味のことを洩らした。

どうしてでしょう、校長さんは辞められるとすぐ亡くなる方が多いようです。最近の調査ですが、校長退職者の年金受給期間は二十何ヵ月ということです。こんなことを言ってはなんですが、もったいないですね……。

長年掛金を払ってきた年金をほとんどもらわないで死んでしまうのを〝もったいない〟とこの役人は言ったのだが、見方をかえれば、もらわなかったぶんは社会へ寄附したことになる。退職後、早く死ぬのは、そう考えると〝世のため、人のため〟になっているのである。真面目な望月さんはまさかそんな風には考えなかっただろうが、心なきものが冷静に考えると、こういう急死はひとつの社会貢献である。そういう考えも許されるのが超高齢社会である。長く生きるのはめでたいが、年金の財源は火の車になる。

望月さんのような最期を願っても別に生命軽視ではない。むしろそれによって世のためになっているのだという誇りをもって死ぬのは新しいモラルだということもできるのではないか。ピンピンコロリの願うところも、これに遠くないように思われる。

Ⅳ

ちょっぴりのいけないこと

いまは縁がなくなったが、郷里の菩提寺におもしろい住職がいた。ある日、立ち寄ると、にやにやしながら、こんな話をする。

「このあいだ、あるばあさんが来ましてね。一円のつもりで百円、賽銭《さいせん》にあげてしまった。おっさん、九十九円、お釣りをおくれ、とこう言うのです」

「おもしろいばあさんじゃありませんか」

「私もほめてやりました。それくらいちゃっかりしていれば、ボケたりはしない。それはいいが、いまどき諸事値上がりで、一円ぽっちでは三途の川を渡してくれないよ。そう言うと、ばあさん、じゃ、あれは渡し賃にしようかね、と帰っていきました」

感心して、方々で披露していたが、あるとき、フト、あれは坊さんのつくり話ではないかと思った。それくらいの才覚はある人だった。そして、心は寄附をしてくれというオマジナイだったのではないか、と気づいた。そんなことも知らず、小話のように言いふらしていたこちらがいかにもバカげていて、恥ずかしくなった。

抜け目なく金をつくる才能があって、代がわりを前に、うまい名目をつくって、金をあつめて山門から本堂まで大改築、古寺をピカピカにした。私は、和《お》尚《しょう》の期待した額よりはるかにすこししか寄附しなかったら、そのことを言いふらされて、いやな思いをする。和尚の錬金術にこちらがかからなかったのを根にもって噂をばらまいた。憎《に》っくき生臭《なまぐ》さめ、とハラを立てていると、所得税法違反で和尚が摘発されたニュースが新聞に出てマチの評判になった。

そんなこともあってか、引退することにし、あとをできの悪い孫につがせた。孫の和尚は木魚をたたくよりゴルフのボールをたたく方がうまくて、世は末だとなげく年寄りが多かった。

隠居した和尚は、心機一転、虫も殺さぬ生活をはじめ、それまでは批判的だった檀家の人たちも、もう一度、住職になってほしいという声があったほど。ところが、行いすますようになった元和尚、急に活気を失い、亡くなってしまう。お経をあげなくなると急に衰えたと言っていたそうだが、いちばんの原因は生活にハリを失ったことだろう。そのハリは、ちょっぴり毒のあることで生まれる。生臭さ坊主は生臭いから生きがよかった。におわなくなったら生きていかれない。人間はそんな風にできているのかもしれない。いつまでもカクシャクとしていたかったら、ちょっぴり毒をのんでみることだが、その加減がなかなか難しい。

私は英文学者、随筆家の福原麟太郎《ふくはらりんたろう》先生の不肖の弟子である。学校で四年、出てから、先生主幹の月刊雑誌の編集を命ぜられたこともあり、長い間、週に三度も四度もお宅へ伺うという生活をつづけた。文字どおり謦咳《けいがい》に接し、薫陶《くんとう》を受ける。それなのに先生の期待にそったことができなくて、いまも忸怩《じくじ》たるものがある。

あるとき、先生のお伴をして、われわれの雑誌の創始者の病床を見舞うことになった。大先生は湘南、藤沢の病院に入っておられた。先生と東京駅で待ち合わせて藤沢へ行くことになった。

東京駅でまず、「ちょっとお茶にしましょう」と言われる。藤沢へつくとまた「ひとやすみしょう」、病院から駅へ帰ると、またお茶。そして東京駅へ来て軽い食事をご馳走になる。こちらはハラがゴロゴロしているのに先生は平気である。

やはりいけなかったようで、糖尿病になられた。お宅で退屈していらっしゃるようなので、雑誌の先任者とよくお宅へ伺い、口実をもうけて、外出。先生は大好物のアイスクリームなどを喜ばれる。それがおもしろくて、しきりにというほどではないが、かなりしばしば、先生をつれ出しては〝うまいもの〟を召し上がっていただいた、といっても先生のおごりである。いつも先生は上機嫌であった。

やはり目にあまるところがあった。とうとう賢夫人が、悪いのはあの二人だと言って、われわれは、お出入り禁止になり、先生は禁足の状態になった。われわれは首をすくめて、先生が気の毒だなどと言った。夫人は、

「あなたがたがつれ出したあと、かならず血糖値が上がり、ほかの数値も悪くなっています。困ります」

と言うのだが、私は、多少、病気には悪いかもしれないが、あんなに食べたがっておられるのだから、たまには、甘いものだっていいではないか、この際は、毒もクスリとは言えないにしても、好物を禁じられておこるストレスだってバカにならない。そんなリクツにならないリクツを頭の中でならべて、先生を気の毒に思った。

外出がなくなり、食事制限をしていれば病気は悪くならなかっただろう。その代わりボケにやられる。あんなに優秀な頭脳をもっている人でも、やはりボケるのだ。

ちょうどそのころ、あるところの企画で先生はある老大家と対談されること

になり、私が付き添った。向こうの先生はわが先生よりも年上なのに記憶がしっかりしている。わが先生は、あちこちで記憶があやしく乱れる。いたたまれないくらい悲しかった。そして、原因は外へ出されない生活にあると思った。奥さんと二人では話すこともなかろう。われわれがアイスクリームを食べていただいたのは、ちょっとした毒だが、同時にストレス解消のクスリにもなっていたのである。そんなことを何度、頭の中で反芻《はんすう》したかしれない。

年をとって好きなものを断つのは危険である。無理にやめればストレスがたまる。人によってもちろん違いはあるが、すこしばかり体によくないものを食べる害より、それを抑えることで生ずるストレスの方がずっとおそろしいのではあるまいか。好きなものを食べたら死んでもいい、というのは、暴言だが、一理ないわけではない。

六十の手習い

図書館へ行くと、はっきり退職者とわかる人たちの姿がある。もっともらしい顔はしているが、われを忘れて本を読むといった気魄《きはく》のようなものをただよわせていることはまずない。いかにもひまつぶしをしています、といったたたずまいである。いい年をしてからすこしくらい本を読んでも、なんということはない。あらかじめそれがわかっていて、図書館へ来ているような気がする。うちに居られなくて待避している人もいるだろう。

もうすこし本気に勉強しようとする人は大学へ入る。昔は考えられなかった社会人入学というのがだんだんふえてきて、学生減の見込まれる大学側も、お客さま扱いである。本気に社会人再教育を考えるなら、大学としてするべきことが山ほどある。

若い学生といっしょに勉強させるのは手抜きだ。そういう社会人学生もいないのだろう。半分、お遊びであるのは、若い学生と変わりがない。真剣にやれば、新しい世界がひらける。

昔から〝六十の手習い〟ということばがある。年をとってからの勉強開始を言ったもので、背後に〝晩学成り難《がた》し〟がひかえている。六十の手習いで一人前になることは昔の人も考えていなかったのである。ただ、年をとっても学問しなくてはいけない、と真面目に考えた人もあるにはある。

江戸時代の大儒《たいじゅ》、佐藤一斎《さとういっさい》はその著『言志晩録《げんしばんろく》』で、「少《わか》くして学べば、則《すなわ》ち壮にして為すあり、壮にして学べば、則ち老いて衰えず、老いて学べば、則ち死して朽ちず」とのべた。多分に文飾が感じられて、誇大表現と言うべきで、実際、そのとおりになると考えていたわけではあるまいが、本人はそれを地でいったようだから、おどろく。佐藤一斎自身についてはまさにそのとおりで、〝死して朽ち〟ることがなかった。

成人も学ばなくてはいけない、という思想は二十世紀後半になって、ヨーロッパにおこった。それをリードしたのはフランスで、〝生涯教育〟が提唱された。外国のことはなんでもまねたがる日本である。さっそく飛びついた。ただ、生涯教育、という教える側の視点をすてて、〝生涯学習〟という学ぶ側の視点に立ったのは日本の手柄で、たんなるサルマネではなかった。

文部省(当時)もはり切って、政策としてとりあげ、生涯学習局を新設し、これを筆頭局にしたのはたいした意気込みであったが、あとがいけない。なにをどうするかということがはっきりしないまま、地方自治体にも生涯学習の実施を求めたのである。本省がなにをするかはっきりさせないまま、わずかな予算を与えて、さあやってみよ、と言うのだから、役人の頭が疑われると言われてもしかたがない。果たせるかな、各地で大混乱、どうしていいかわからぬところでは、ゲートボールをさせたりカラオケ教室をひらいたりした。文化国家日本の面目、躍如である。

成人教育、中高年教育はなお、人類未到の分野である。思いつきで扱うには手にあまる問題が山ほどある。私にはそんな大問題にとり組む気持ちも力もないが、生涯学習というかけ声がきかれるずっと前、四十代の半ば、働きざかりのときに、サラリーマン人生というものを考えて、慄然《りつぜん》としたことがある。ぼんやりしていれば、勤めを辞めたあとが地獄になると予見した。

それで、まず、退職後、なにをするか、なにができるか。二度目の勤めはあるかもしれないが、ないかもしれない。あってもせいぜい十年。あとは浪人。年金生活でがまんするか、それとも第二の人生の仕事をつくるか、どちらかである。人からもらうものにロクなものがない。人生第二の仕事は自主的なものでなくてはならない。

教師は本を読んで、授業をするしか能のない人間である。しゃれたことはできるわけがないが、講演はすこしできる。原稿も書けるようにしたい。講演の方は、頼まれても、動けないという年がそのうちやってくる。そこへいくと原稿を書くのなら、寝たきりになっても、なんとかつづけられる。もの書きになりたい、なろう、とひそかにそう心にきめた。

そして、原稿の依頼があれば、どんなつまらぬ原稿でも決して断らない。喜んで書く。書かせていただくといった気持ちである。だいいち断るほど注文が来るわけがないから、この商売はいつも不況である。

六十五歳ではじめの勤めを辞めたとき、もの書きだけではおもしろくない。そのうえ充分な仕事もないから、ほかの大学へ勤めることにした。十年は勤められるところだったが、五年目くらいから、もの書きで食っていかれる自信のようなものができ、二年残して自主退職した。

そして、すぐ、もっと早く辞めればよかったと思いだした。勤めのない生活は実にいい、のんびりしているというのではない。しっかりしないとダメになってしまう。緊張感をもって日々を送ることが必要だと実感したのである。

六十の手習い、というのは、どうせロクなことにはならないというニュアンスがこめられているが、四十半ばにしてはじめた手習いでもやはり晩学なりがたしの悲哀をずっと味わってきた。そのおかげで、年を忘れることができ、老い衰えることがいくらかすくなかった。

ネムリはクスリ

一日二眠をひそかな日課の柱にしたのは中年のころ。体が弱くてよく寝ていた。ネムリがクスリとか、又寝をすれば一日が二日になるなどと考えて得意になった。

それをどこかのコラムに書いた。どこだったかは忘れてしまったが、いっしょに本を出すことになっていた学者がひどく怒って、昼寝の時間があるなら、原稿を早くしろ、と編集者を通じて言ってきたのは何十年もたったいまも忘れない。仕事をするために睡眠をとっているのである。怠けているわけではない。そう思ったが、大家と言われる人だかで内攻させた。この人は長生きしなかった。

弱いものは一日一度、夜だけの睡眠では足りない。どうしてもう一度どこかで眠る必要がある。長い時間でなくていい。長いとかえって害があるとおどす医者もあるが、私見では、そんなことはないようだ。とにかくネムリはへたなクスリよりよほどよく効く。風邪をひいて長引くのはうまく眠られなかったとき、たっぷり眠られれば、風邪のなおりも早い。いつしか、〝ネムリはクスリ〟がモットーになった。人によって違うかもしれないが、寝不足がもっとも大きな健康の敵である。

昼寝は古来、権力者の特権である。勤めをもつ人は、もちろん権力者ではないから、逆立ちしても昼寝などはできない。えらくなってもできない、会社なら副社長でも許されない。社長ならその気になれば昼休みにちょっと一眠りということができる。大学の教師は権力者とはほど遠いが、時間に関しては貴族であった。

あったというのはこのごろの大学はセチカラくて、毎日出勤しなくてはならないところが多くなっているらしい。大学教授になりたいというこどもが、かってはすくないながらもあったが、いまはよほどの変わりものでないと、そんなことは考えない。魅力がなくなったのである。昼寝もできないようでは、大学の教師はおもしろくない。

第二次世界大戦中のイギリスの宰相はチャーチルである。首相になる前から昼寝の習慣があった。イギリスの閣議は大昔から午後一時だかにひらかれることにきまっていて、保守の国のことだし、ずっと変わることがなかった。

チャーチルが首相になって困ったのは、昼寝の時間が閣議の時間とぶつかったことである。普通なら、昼寝の時間をずらすところだが、さすがにチャーチルである、閣議の時間を変えさせた。やはり、我がままがすぎるという声も一部にはあったらしいが、自分のライフスタイルを押し通したのはたいしたものである。大戦のまっただ中である。チャーチルの威光はたいしたもので、羨しいと思った人はどれくらいいたかしれない。昼寝は昔から王侯貴族のかくれた特権であったらしい。すくなくともヨーロッパではそうであった。

これは日本の話。先年、ある経済誌が大会社の社長の生活調査をしたことがある。おもしろいことに、昼寝の習慣をもつトップがかなりあったが、公表されては困ると言われたから記事にはできなかった、という話をきいた。どうして昼寝の時間をつくり、どこで休むのだろう。興味がある。

勤めを辞めてしまえば、身辺寂寞《じゃくまく》とするが、ぺいぺいだったものでも、一挙に時間の貴族になる。昼寝などお茶の子さいさいである。ところがどうしたものか、あまり昼寝をしないらしい。

図書館なんかで本を読むより昼寝していた方がよい。昔のことわざに「田舎の学問より京の昼寝」というのがある。老後はネムリによって豊かでありうるはずである。これに気づく人がすくないのは、長い間、昼寝なしにこき使われていたクセが抜けないせいかもしれない。

私は、かつては、昼寝の習慣があったが、いつの間にか時間が早くなって、〝ひる〟とは言えなくなり、ひとり〝又寝〟だと言っている。日記には又寝という文字があちこちおどっている。

又寝はあまり長くない方がいい。三十分では足りないが、一時間ではすこし長い。私はこの又寝で一日が二日にできると勝手にきめた。うまく又寝、昼寝をすれば寿命を数十年も引きのばすことができる。超高齢時代だって寿命ののびるのはありがたい。

若いときからずっと風邪にも悩まされ苦しんできた私は、風邪の予防を心がけてきた。お医者に知恵はないから自分で考えなくてはならない。風邪のときは風呂に入るなというのはドイツ医学で、いまもそう信じている医者は多い。私もそう信じていたが、体をあたためるのが風邪によいということを知った。解熱剤は毒、体温を上げる生姜がいい。葛根湯《かっこんとう》なども体温を上げる効果があるのだろう。

あるとき信頼するドクターにきいた。「風邪のとき入浴してはいけませんか」このドクター、こともなげに、「出たあと体を冷やさないようにすれば風呂に入ってかまいません」と、言われた。

すこしの熱があっても思い切って風呂に入る。長いと疲れるからさっさと出る。体が温まることが大切である。出たら体が冷えないように、しかも汗が出たあとは冷えるからよほど注意して、体をさます。冷えないうちに寝る。本式に寝るのである。その前に、軽い風邪薬を飲むといいようである。体温が下がるときに眠気をもよおすから、風呂上がりの寝つきはすこぶるよい。

目がさめたときの気分がすばらしい。風邪は治ったかと思い、実際、治っていることもある。それでなるべく風邪をひいていないときでも、入浴と又寝をドッキングさせると、あとの気分がいいので利用するようにしている。

散歩のすぐあと又寝をするのも有効である。不眠に苦しんでいる人に、風呂のあと散歩のあとの昼寝がいいと言ったら、「そんなことで眠れるようなら苦労しませんよ」と冷たく言い返された。そういうかたくななところが睡眠をさまたげているのではないか。まあ、お好きになさるがいい、と内心で私はつぶやいた。

私は、ネムリはクスリ、を信じる。

風邪をひく

若いときから風邪に悩まされてきた。喘息があってすぐ風邪をひく。そして喘息に苦しむということを何度も何度もくりかえす。お医者にかかっても、まるで頼りにならない。ひととおりの過程を経ないとおさまらない。そのかわり、よくなりかけ、よくなるときまでの気持ちはすばらしい。よし、やるぞ、という意欲がわいてくる。頭の働きもよくなるような錯覚をもつ。それはいいが、すぐまた、新たに風邪をひく。ほんとに始末が悪い。

岸信介《きしのぶすけ》元首相が引退後、老人の心掛けとして、「転ぶな、風邪ひくな、義理を欠け」ということを言ったのがひろまって、ひととき流行になった。さすがである。そんじょそこいらの学者、先生などには逆立ちしても言えないだろう。風邪ひくな、というのが入っているだけでも現実的である。おりにふれて反芻して心得としている。

風邪をひいて、風邪の〝研究〟をしていたのが亡くなった司馬遼太郎《しばりょうたろう》さんである。よく風邪をひく。それをもとに風邪予防の方法を考えるのだそうである。あるところでエッセイに書いて、その一端を披露しているのを読んだ。

司馬さんがもっともよいと言っているのは首に布を巻きつけるというもの。相当長い布を巻きつけるようなことが書いてある。さっそくまねる。ありあわせのものをいくつも首に巻きつける。まるで襟巻トカゲだと家のものは笑うが、風邪封じとあれば、そんなことを気にしていられない。その後ずっと毎晩襟巻トカゲに化ける。

それでもひくときはひくのが風邪である。買いおきの風邪薬をあれこれ試みるが、効き目がない。しかたがないから、かかりつけの医者のところへ行く。くれる薬は効いたためしがないが、肺炎になりかけた風邪なら抗生物質をくれる。やはり医者である。

そんな話を東北のある県の小さな地方紙のコラムに書いたら、地元の薬局の薬剤師からえらい権幕の抗議が来た。売薬では効かないが、医者にかかると治るとは迷信である。だいたいタルンでいるから風邪をひくのだ。緊張していれば風邪などひかぬものだ、といきまいている。

ずいぶん腹を立てたが匿名ではやり返すこともできず、ぐっとこらえた。すこし落ちついてみると、薬剤師の言い分にも理があるような気がしてきた。気の張っているときにはなるほど風邪はひかないようだ。緊張説を信奉したが、生身のかなしさ、四六時中、緊張を持続するということができない。フッとしたときに抜け目なく風邪は入りこんでくる。敵ながらあっぱれだ。

風邪ひき五十年、だんだんベテランになってきて、すこし考えが変わってきた。目の敵《かたき》にしてはかわいそうだ。あれでなかなかためにもなる。風邪をひいて休養したために、大事に至らなかったことが、思い返しても、何度もあるような気がした。

風邪などひく奴の気がしれない、とうそぶいていた友人がかかりそめの病にやられてあの世へ行ったのは還暦前だかで、弱虫のこちらは妙な気がして、風邪のおかげをこうむっていると思いはじめる。風邪もひかないようなつよい人は、たとえて言えば、ハイウェーを走っているクルマのようなものである。ブレーキなどかけることを忘れてしまうかもしれない。なにかのハズミで一般道へ入ればたちまち信号で大事故となる。

それに引きかえ、風邪ばかりひいている弱虫は渋滞の一般道路を走っているようなもので、走ったかと思うとすぐストップ、やがてまた走りだすと、すぐまた信号である。これでは衝突事故などおこりようがない。心掛けなくても安全運転になる。気がついてみるとずいぶん遠くまで来ているというわけになる。そう思うと、風邪はこわい先生のような気がしてくる。おそれたり憎むのは、すこし見当が違っている。ひく風邪はどんどんひく。来るものは拒まずの心境になると、世の中、だいぶ生きやすくなるのである。

風邪恐怖症は七十歳くらいのときに卒業したが、肺炎という後門の狼のあることをよくは考えなかった。風邪がこわいのも肺炎の引き金になるからで、風邪だけで死ぬのは難しい。肺炎になれば、どんどん死ぬ。どうしたら肺炎にならないかと考えていたときになりかけた。たまたま毎月の診断を受ける日で、主治医が即日入院の手続きをしてくれて、いまから思うと一命をとりとめた。新聞の死亡記事を見ると、夏でも肺炎で亡くなる人が多い。やはり風邪よりこわい。そう思っておそれていたが、急性肺炎はあっという間に悪化して死に至るらしい。それなら、安楽死の代用になるではないか。肺炎また、おそるるに足らずという悟りに達しつつある。

まわりの人に負担、迷惑がかからない。ピンピンコロリの念願は、そういう最晩年を避けたいという気持ちから生まれるのである。そう考えると、肺炎はさしずめ望ましい終わり方であるということになる。

夏の肺炎は風邪が原因とは限らない。冬の肺炎でも風邪と縁のないのがある。誤嚥《ごえん》による肺炎である。気管支へ異物が入り、その菌が増殖すると肺炎になる。あっと言う間に危篤になることもある。そういう死に方がいやだという人は別だが、急死を望む変わりものからすると、誤嚥が始末のよい終末であることになる。誤嚥性肺炎、来るなら来てみろ、こちらの都合がつけば、おそれたりしない。

正月の餅を食べるとき気をつけるようになったのは、雑煮でのどをふさいで窒息する人が頻々《ひんぴん》報じられるようになってからだ。気の小さい人は餅は食べたいが、のどをつまらせるのはこわいといって餅を断った人もある。私もひところはひと並みに、餅の窒息をひどくおそれたが、やはり昔はものを思わざりけり、である。好きなものをがまんする必要はない。運悪く窒息したら、そういう運命《さだめ》だと諦念する。

一般の高等動物に窒息死はない。食道と気管がはっきり分かれている動物では誤嚥や窒息はおこらない。人間ももとはそうであったに違いないが、直立歩行によって食道と気管が危険なほど近接し、食べたものなどが気管に入って大事になる。誤嚥性肺炎は人間にしかおこらないらしい。

久保田万太郎《くぼたまんたろう》さんは親しい人とすしをつまんで歓談していて、ネタで気管をふさいで、窒息死した。その事故を悼む声が多かったが、人手をわずらわすことのすくないのを願うものにとって、そういう事故死はむしろ願わしいもののひとつになる。たらふく餅を食べ、すしをつまみ、談論風発、われを忘れているうちに息がつまって五分したら冷たくなっていた、というのは、すごいフィナーレである、と言っては不謹慎か。

風邪はこわくない、肺炎にもひるまない、窒息ですらおそれない、という心境に達すれば、人間《じんかん》到るところ青山《せいざん》あり、となるだろう。

ノー・サンキュー

乗りものにシルバーシートができてから、もうかなりになるが、年寄りで喜んでいない人がすくなからずいる。特別扱いされるのは迷惑、ちゃんと足腰で立っていられる、そういう意地があれば、あんなものいらない、という気持ちはわかる。しかし、そうでない人の方がもちろん多い。

あまりこんでない地下鉄に乗りこむ。

シルバーシートにいた若い人がさっと立つ。

「どうぞ」

とていねいである。親切はうれしいが、そんなおいぼれに見られたのか、というおもしろくない気持ちが先に立つ。

「いいえ、結構です。大丈夫ですから」

それでまた腰をおろす人もあるが、やはり初志貫徹を旨とする人もいて、どうしても座れと言う。うるさいから腰かけるが、あまりいい気分ではない。譲った人はわざと遠くへ行って、顔を合わさないようにする。席を譲られるのは、ありがたくないこともある。

じゃ譲ってくれなくていいのか、というとそうでもない。運動部の部活の帰りとおぼしき高校生がたむろして席をふさいでいたりすると、若いくせに、みっともない、立て、と思ったりする。

いつかフランスの少年三人とJR電車に乗り合わせた。すいている電車で、立っているのは二、三人しかいなかった。フランス少年の一人が仲間になにか合図する。なにかと思ったら、席をつめて、立っているこのおじさんを座らせようよ、ということだった。

席をつくると、その少年が、席を指さして座れと合図する。実にさわやかでかわいかった。とたんに「メルシー・ボクー」と言ったら、三少年が実にうれしそうにした。あと、三人のことを思ってひとり笑いした。

日本人にはそういう洗練されたところがすくない、やぼったい。

知り合いの八十歳老人は、すすめられた席をことわって、優先席にふんぞり返っている年をとっていない連中を見下す快感はじつにいい、と言う。すこしひねくれている。ゆずられたら、あっさり受けて、どうもありがとう、とひとこと言いたい。

優先席をこしらえた電車の側にしてもほんとうにお年寄りを大事にしようというのより、年寄りが乗り降りにぐずぐずしていると発車がおくれる。ドア近くにかためておいた方が始末がいいという下心が見え見えだから、気持ちがよくない。本当にありがたいわけがない。

駅の停車時間を短縮したかったら、乗降のルールを変えたらいい。いまは、降りる人がすんでから乗ることになっている。さっさと降りればいいが、若いのに限ってぐだらぐだらしている。乗る方はいらいらして、ときにトラブルになる。

これを改める。ドアの幅をすこしひろくして、駅についてドアが開いたら両側から乗る人が乗る。降りる人がまん中二列で降りる。こうすれば乗降の時間は大幅に短くなる。降りる人がすんでから乗るというのは、十九世紀の鉄道のマナーで、鉄道の乗降口は一人がやっとのひろさ。同時に乗り降りという芸当のできなかったのは是非もない。高速の電車がこれだけ普及しているのに昔のSLのルールをひきずっているのはおかしくはないか。それくらいのこともわからぬようでは、乗客サービスなどしゃれたことはできない。「優先席」といったって、だれを優先するのかわからない。若ものにだって、おれたちの優先席だと強弁する余地はある。

JRには高齢者割引制度がある。会員組織になっていて、現在は変わっているが、以前は二年目からは三割引きという制度であった。つられて夫婦で入るのもすくなくない。

年に何度も利用すれば大幅な割引きになるが、有効最短距離二〇一キロ超のところへ年に一回しか行かないとすると、差し引き赤字になる勘定。すこしもサービスではないではないかと思って、よく見ると、この割引制度の手帖など、どこを見ても割引きということを表に出していない。会自体、浮世ばなれな名前のジパング倶楽部である。つっこまれない用心は充分してあるが、その心事がおもしろくない。

それはまあいいとして、「のぞみ」が新たに走ることになったとき、ジパング倶楽部の会員はいやな目にあった。割引きの特急券ではのぞみに乗せない、としたのだ。

ジパング倶楽部、お急ぎでない方々でしょうから、どうぞ「ひかり」のご利用をというわけだろうが、ダイヤは「のぞみ」中心に組まれており、「ひかり」は一時間に二本しかない。のぞみは十本近くもある。シルバー乗客は、あちらでもこちらでも「のぞみ」に追い抜かれて「ひかり」の光を失い、シルバーの輝きもない。

改正を求めて立ち上がることなどできないのだから、心ある老人も、覇気を失っていないお年寄りは、このときのＪＲのような心事の鉄道になんか乗らないようにするのである。金があったら飛行機で行く。ゆとりがなければ、ポックリ寺めぐりでもすればいい。

老人は雄々しく自立しなくてはいけない。小バカにされてた福祉づらの仮面をはいでやる気概があれば、かんたんに死んだりできない。

いやいやゆずられた座席、ノー・サンキュー。下心のあるサービスもノー・サンキュー。

日記と予定

だれから教わったのか忘れてしまったが、もう五十年以上、日記をつけている。はじめのころは物資不足で、まっとうな日記帳はすくなかったが、昭和三十年ごろからマトモな日記帳があらわれるようになった。

二、三試してみて、博文館日記№2というのにとどめをさし、以来一度もほかの日記帳に手を出したことがない。この日記は、その間、ずっと同じ装幀、造本をしているのはみごとと言うほかはない。これを並べると大全集のようだ。もちろん函《はこ》入りで、古くなってもビクともしないから、五十冊ほどがずらりと並ぶと、大叢書のような趣きがある。

わが家では日記をつける習慣がなかったから、私がはじめて日記をつけることになった。四十歳後半になるまで、得意になってつけていた。郷里の後輩が東京へ出てきて、あいさつに来ると、日記をつけなさい、と先輩ぶって教えた。いまからするとなんとも気障《きざ》なことをしたものだと気恥ずかしい。

そのうち、だんだん日記をつけるのを自慢にしなくなった。つけた日記は一度だって読み返さない。知り合いの子が入学したときにいくらお祝いをやったか、もちろん忘れているから、その下の子が入学するとき、前、いくら渡したかを調べる、といったときは役に立つ。だいたい、昔をしのぶ、といったことのできない人間だから日記を読んで往時をしのぶといった趣味はない。となると、古い日記が場ふさぎで、じゃまになる。が、といってゴミに出すわけにはいかないから、始末が悪い。

日記なんかつけて、どうするのか、といった自問が頭に浮かぶようになった。何月何日が晴れだろうが、曇りだろうが知ったことではない。どうしても知りたければ（そんなことはまずないが）、気象庁にきけばいい。

われわれしがない人生を送っている人間が、いつどこで誰に会ったかというのもまるで意味がない。社会的有力者だって、どんな本を読んだかどうかは問題にならない。われわれのような吹けばとぶような生活をしている人間にとって、日記はやはり遊びで、世のため人のためにならない。自分のためにだって、なにか意義があるように考えるのは、ひとつの思い込みであるにすぎないかも……。

人さまはどうか知らないが、自分ではあるがままのことを書いてきたつもりだったが、そのうち、ことばというものに対して懐疑的になってきて、いかなる人も、あるがままのことを書くということはできない、と考えるようになった。反省してみると、本当のことを書いているつもりで、ことばにつられて脱線、つまり意図しないウソがまじっていることを自認する。ほかの人はあるがままのことを一片の偽りもなく書き残しているのだろうか。人の日記を読んでもそれはわからない。

写真だって対象を百パーセント忠実に写しているのではなく、かげになった部分は当然、見えない。ことばは写真のフィルムよりはるかに省略的だから、表現されるのは、対象のごくごく一部であると言ってよい。表現をもとに過去を復元するのは、はじめから不可能である。

だんだん日記への疑いを深めたが、どうしてもやめることはできない。ずっと欠かさずつけている。空白のページがあると落ち着かないから、なんとか埋めようとするが、二、三日分でも、ほとんど記憶がないから、うろ覚えのことをつなぎ合わせて埋める。つくづくいやになる。若い人に日記をつけよとすすめたかつてがウソのように思われる。

日記への信頼がゆらぎだしたのは、日記自体の問題もあるが、それとはウラハラの「予定」が、生きていくのにはより重要であると考えるようになったのである。

日記は決算である。予定は予算である。企業では、決算の方が予算以上の重みをもっているけれども、国会などでは、予算が最重要、それを扱う予算委員会は最重要委員会で、テレビで中継されることもある。決算委員会などが放送されることはまずないだろう。人間は国会みたいで、予算の方が決算より大事である。日記をせっせとつける日記人間は、企業タイプであるということになる。会社は期末に決算をやりそれを株主に報告するが、予算案を出すことはあっても、おざなりである。

私は五十代の半ばごろに、企業型から国会型に切りかえた。

朝、目をさますと、まず、その日にすること、しなくてはならないこと、できればしたいことを書き出す。すくない日でも十数項目になる。出揃ったら、それに優先順位をつける。これが案外やっかいで、しばらく考えることもある。すくなくとも三つくらい、順位をつけるのである。

その日、一日は、この予定表によって動く。やりにくいことは順位の上の方に置いてあるから、それからとりかかる。やりたい簡単なことからしていくと、大事な、厄介な難しいことをする時間がなくなる。毎日これを繰り返していれば、大事なことは永久になしとげられることがなくなる。

やらなくてはいけないのに、そして、一応努力をしたのに、うまくやりとげられなかったことは、予定表のその項目の上に大きく×印をつける。できたら

○、そして、とくに厄介なことができたら◎をつける。

いくら年をとっても×が並んだりしてはおもしろくない。×をつけたくないばかりに無理してとりかかり、やってみると、案外すらすらとできてしまうこともないではない。そんなときは三重丸をつけたい気になる。こういう予定を毎日、立てるようになってから、はっきり仕事の量がふえたようである。

夜、寝る前に、この予定表を片手に日記をつける。こうすると、その日一日になにをどうしたか、頭の中でおさらいができる。そして明日には明日の風が吹くと思って寝るのである。夢、おのずから、まどやかである。

朝、目をさます。ああ、生きていて、よかった。そう思う日が一日もながくつづくように願って、起き上がる。このごろ（夏）は四時半ころに起きる。

そして予定表をつくるというわけである。

生活第一

いまはすこし事情が変わっているが、われわれの若いころは、才能のあるのは文学青年ときまっていた。文才の乏しいのが哲学青年になり、さらに記憶しか自信のないのがほかのコースを志した。そのどれにも入れてもらえないのが〝ぼんくら〟で、かくいう私もそのひとりであった。以来、ずっと肩身のせまい思いをすることが多い。

文学青年は文学をありがたがらないのを文学がわからぬ下等な人間だと勝手にきめつける。青年とは言えない年になっても、非文学的人間をバカにし存在感を示す。青年が年をとるとどうなるか。老年になれないらしいことを目のあたりに見せつける。その気になって見渡せば、同類がごろごろしている。

文学青年、哲学青年、芸術青年は〝生活〟を超越している、というより、無視する。貧しい環境で勉強していれば非現実的になるのはやむを得ないが、生活を大切にしない学問、知識には命がない。知らないうちに教養メタボリック症候群になるが、同類が多いと知的エリートのように錯覚して、世間に号令をかけたりするのもいて、はなはだ、うるさい。

教養とはつまり知識の貯金である。いくら多くても、利子くらいしか生まない。自力で生きる力はどこにもない。啓蒙期の社会ではそういうものが、あたかも、実学のように扱われる。教養派は新しいものを生み出さない。生み出したように見えるものも、その実、模倣にすぎないのである。教養派の辞書には、独創とか創造とか発見ということばはない。

一般の〝ぼんくら〟は、いくらそういう教養派に圧迫されても細々と生きていくしかない。ただ志を失って消えていくものがあとを断たない。教養派が衰退する中高年になると、ぼんくらの生活派とも仲よく衰えて、世をはかなむ。

私は老いて世をはかなむぼんくら派になることを自分に対して禁じた。生活に根をおろした仕事をしていれば、五十や六十で〝疲れ〟たりするわけがない。経験が加味されれば陳腐な知識も新しく生まれ変わる。つまり発見が可能で、模倣横行の文化、社会を尻目に、悠々とわが道を歩むことができる。四十、五十はハナたれ小僧と昔の生活派、経験派は言ったが、超高齢化の時代だから、六十でもなお初心をあたためることができるだろう。

そんなことを考えるきっかけになったのが、菊池寛《きくちかん》である。文学青年たちのまっただ中にあってなお、「生活第一、芸術第二」と言い切った彼の見識は時代をはるか超えていた。そのため通俗文学作者とけなされたり、俗物よばわりされたのは気の毒である。

かねてから菊池寛が好きだったから、生活派宣言を喜んだ。「学問的背景のあるバカほど始末の悪いものはない」といった意味のことばをのこしているが、やはり生活の達人でなくては思いもおよばない。生活を文学にした内田《うちだ》百閒《ひゃっけん》が、「なんでも知っているバカがいる」と言ったのもおもしろい。

私はほかのところでも書いたように、働き口がないので、やむなく、雑誌編集の仕事をしなければならなかった。編集者になったのではなく、編集の仕事をさせられた。心はいつも本を読むという勉強にあった。世の中がそんないい加減な生き方を許すわけもない。編集した雑誌はどんどん売れなくなっていった。そして、仕事の仕方がいけないと反省する。心をほかに預けて小手先でしたことがうまくいくはずがない。学者、研究者になる可能性はなくなるかもしれないが、この雑誌を売れるようにできないまま退却するのは、人間として落第である。

やりかけたからには、力の限りつくさなくてはいけない。本を読んで知識をふやすだけのような学問と商品をつくる仕事とを比べて、仕事の方が価値があるのではないかと思った。英文学者になることを断念する。後々、あいつは文学がわからない、学問が足りないという陰口をきかれるようになったのは是非もない。

生活派を目ざすようになると、雑誌の仕事にも活力が生まれてくる。売れる企画もときに出るようになった。嘱託をしていた出版社から学校を辞めて、会社へ入ってくれないかと言われた。一応の成果である。

そう考えれば、満足すべきだっただろうか。その会社に入っても社長になれないことははっきりしていたから、社長になれないような会社に入るのは意気地なし、だという心の声がする。やはり勉強、知識、思考の世界で生きたいという気持ちがまったくなくなっていたのではなかった。すすめをことわり教職一本の生活に入った。

そしてたちまち退屈した。時間がありすぎる。本を読めばいいのだが、いったん実務の世界へ足をふみ入れた人間には、あてどもなく、本を読んで、知識をふやし、それを利用したレポート的論文を書くのは耐えられなく退屈だった。とにかく、なんでもよい、本業以外ですることがほしい。そういっても、仕事がころがり込んでくるわけがない。

ある日、突然、焼きものづくりをする決心をして、一日の大半をロクロ場ですごす日々を送った。

こんなことをしていて大丈夫かという不安がまったくなかったわけではない

が、とにかく、ロクロを回すのがすばらしくおもしろい。遠い昔の本を首をかしげながら読んでいるときには決して感じられない生きる喜びがあった。学問第一の考えからは完全に脱落したが、これなら、年をとってもなんとか生きていかれそうだという見当はついた。

勤めをすべてやめてしまったのは七十をすぎてからである。勤めにしばられない自由とはこんなにもいいものだったのかと思った。そして、いよいよ、生活第一の歩みをはじめた。

仕事が充分あるわけではないから、これをふやさなくてはならないが、いまの時代、新しい仕事を得るのがこれほどたいへんなものか、しみじみ味わう。仕事をくれる側はたいてい仕事を求めるものに対して、高圧的で冷たい。それに耐えないと仕事が得られないのである。

生活と仕事は、やはり対立しているのであろうか。現役のときは、その緊張感が生きがいになっていたのかもしれない。仕事がなくなってしまうと、生活も色あせる。

年寄りになって、どうして生活と仕事を調和させるか、がいかに難しく、それだけに大事なことであるかがわかるようになってきた気がする。

そして到達したのが、生活第一、仕事も大事、である。

V

お山の大将

昔の中学校の校長さんがえらい勉強家で、いろいろなことをよく知っていた。ことに禅に詳しく、俳句は荻原井泉水《おぎわらせいせんすい》の高足《こうそく》であった。井泉水が学校へやってきて「キミたちの校長のつくった句だ」と言って「一片《ひとひら》の雲が陽にあって猫柳」という句を紹介したこともある。

校長はちょっとした訓告をするときも、たいてい、名句を引き合いに出し、それを説明する。ある朝礼のときに、「随所に主となれ」という禅語を教えた。ていねいに説明を受けたが、田舎の中学生の頭には難しすぎた。わからなかったので忘れられなかったのだろう。その後ずっと、社会へ出てからもときおり、頭に浮かべた。

あるとき、理屈はとにかく、ことばの意味がわかったように思った。それまで、〝主〟というのがわからなかったのだが、勝手な解釈を発見して、内心、大いに得意になった。

英語で客を招いた主人をhost（ホスト）とよぶ。これがまさに〝主〟ではないか。主人は客をもてなす。つまり供応する、ご馳走するのが〝主〟である。客はそれを謝して〝主〟を立てるというわけだと考えた。これなら「随所に主となる」ことは達人でなくともできる。自分だって、かんたんにできると思ったら目がひらかれた思いであった。もっともこれは正解ではない。

中年になるまで、たまにはおよばれをすることがあって、その味はよく知っている。恩師福原麟太郎は〝主〟となる名人で、弟子を、なにかというとご馳走してくださる。それが実にたのしそうだった。

及ばずながら、こちらが供応をはじめたのはもう還暦を過ぎていた。若い友人をつぎつぎ入れかえ立ちかえ、ご馳走をする。実にいい気分で、〝大人《たいじん》〟になった気分になれる。〝主〟となったのである。ことに数人まとめてご馳走するのはこたえられない。まったく時を忘れる。

それはいいが、客のマナーがよろしくない。あるときは八名を招いた。みんな悪くなかったといった顔をして帰ったのに、礼状をよこすのがいない。忘れたころに一人だけ、気の抜けた礼状をよこした。ハガキである。ものを知らないのと交わると気疲れする。しかし、ハガキでもいい、知らん顔をしているのが大部分というのはひどい。

そう思ったから、腹いせに、そのことを書いた。およばれしたら、礼状を書け、封書が常識だが、乱世のことゆえハガキでも目をつむろう。電話ではいけない。礼電などというものはない。黙って知らん顔をしているのは言語《ごんご》道断《どうだん》。二度と会いたくない、といったことを文章にして小さな雑誌にのせた。

すると、大学教師をしている若いのが、からかったハガキをよこした。この男、招かれて知らん顔のひとりではなかったが、同志らのために〝主〟をやっつける役を買って出たのであろう。そうかそうでないか、そんなことはどうでもいい。こちらがひそかにお山の大将になろうと思っているのに、よけいな水をかけた。憎っくき奴だ。そんなことは公表すべきでないから、絶交、以後、いっさい相手にしない。

そろそろ古傷も癒えてきたこのごろ、その男の言った「それじゃまるで、礼状がほしくてご馳走しているみたいじゃないですか」というのは当たっている、こちらの下心を彼は鋭敏にかぎ取ったので、腹を立てた方の敗《ま》けである、ということがわかった。年の功である。凡人は年をとらないと、こんなことだってわからない。

目上の人なんかにご馳走してもしかたがない。腹をすかせるというほどではなくとも、自前ではステーキを食べる勇気のない人を招いて、勝手なことをまくし立てるのははなはだ愉快。出がけの風邪気味も、帰ってきてみるとケロリと爽快になっていたりしてありがたい。

招かれた人たちは、ひそかに、〝機銃掃射を受けた〟ようだと噂し合っているらしいが、〝主〟はそんなことに心を動かされない。ご機嫌になってしゃべっていると、これまではっきり考えたこともないことが飛び出してきてびっくり、話を中断してメモをとるということだってある。

人間、なにがたのしいといって、お山の大将になって、存分に思ったこと、思ってもいなかったようなことをまくし立てて、時を忘れ、場所柄も忘れ、自分の年も忘れるほど愉快なことはない。心なき人まで、「この前よりお若くなられたのでは?……」などと言ってくれるかもしれない。

資力の関係もあるから、そうそう大将になるわけにはいかないが、「随所に主となる」ことを身をもって体験するのだから、ほかのことは節約しても、気前のいいふるまいが大切である。年をとるにつれて、おっくうになるが、心をはげまして供応にこれつとめる。業者が政治家などを供応するのが問題になるけれども、ご馳走している側は、損得をはなれていい気持ち、すくなくとも政治家より上に立っている快感を味わっている。

くさい関係のない人を招いてご馳走するのであれば、命の洗濯だ。年寄りの時は停止どころか、逆に流れる。「前よりお若く」なることなどなんでもない。お山の大将でこの世におさらばできれば、「随所に主となった」ことになる。そう思って、せっせと供応にこれつとめる。

パーティなどで、食事中からスピーチをはじめる習慣は、長話の人が多くて、そうでもしないと、会が長くなって困るからである。洋風では話は食後で、After-dinner speech、しゃれたラテン式のことばを使えば Postprandial speech である。

われわれの会食は、はじめワイワイガヤガヤでいく。ものを食べながらしゃべることは、ふだんより活気がある。おもしろいが、うっかりすると誤嚥になる。前にも引き合いに出したが、久保田万太郎さんは快談中、すしが気管をふさいで頓死した。こういう死に方は人間だけだそうで、動物はまねができない。そういう死に方をするのも手柄である、と考えても差し支えないか。

できることなら、そういう死に方がしたいといっても決して人命軽視ではない。命をいとおしむからこそ、そういう事故をおそれない。

正月の雑煮でも窒息することはでき、実際、毎年のように亡くなる人がいるが、もし、そうなったら、それもいい、と考えてはいけないだろうか。

あっけなく

Kさんの奥さんとはたいへん親しくしていた。息子さんが、私の中学教師としてただ一度担任したクラスにいたのが縁のはじまりである。明るく美しく人にやさしかった。いつしか家族ぐるみのおつき合いになった。大蔵省の高官であったご主人をなくしてからはいっそう花やかで適当に社交的であり、ああいう未亡人はめったにないとうちでも感心していた。

ある日、突然、亡くなった。

どこかへ出かけるので、すぐ近くのバス停まで歩いていき、バスが来て、乗ろうとステップをふんだその瞬間に倒れた。大動脈瘤破裂だった。それまできいたこともないことばで、こわい、と思った。

ときがたつにつれて、奥さんは幸せだったと思うようになる。死の寸前まで、死ぬことを考えなかった。直前まで、死のことは頭になかったに違いない。痛いの、苦しいのといったこともなかったのではないか。おそろしい名前だが、病気ではない、事故のようなものであったと考えられる。あんな風に、あっけなく亡くなるのは、超高齢化の時代、もっとも願わしい最期である。夫人にあやかりたいとさえ思った。

私の知る限りでいちばん頭がいいと思ったのはFさんだった。目から鼻に抜けるといった陳腐なたとえでは間に合わないような才能の持ち主だった。いいところは、それを自身で自覚していないことである。ひょうひょうとして、さらりさらりと仕事をこなして涼しい顔をしていた。

英文科の出身だが、フランス語を英語以上に流暢に話した。いつまでたっても英語がうまくならない後輩のことを、

「十年も勉強して会話ぐらいできないのはバカですよ」

と切ってすてる。バカなものはおそれをなして敬遠した。それゆえ淋しかっ

たのではないか、といまにして憶う。

英仏両語をあやつって外国人を煙《けむ》にまいた。

「アメリカの学者が威張っていたら、『パーレ・ヴ・フランセ？』（フランス語話せますか）ときくんですよ。たいてい、すみませんが英語でお願いしますとくる。おもしろいですよ」

そんな話をしてもすこしも厭味がなくたのしかった。

英文学はキーツの勉強から入ったFさんはアメリカ文学を手がけ、パリでフランス文学を学び、比較文学のもっとも早い学者のひとりであった。イギリスにもフランスにも文学者、批評家に友人が多く、日本からフランスへ行き、ものが言えなくて困っている日本の作家で、Fさんのお陰で助かった人がどれくらいいるかわからない。そのほうびだろうか、後年、日本ペンクラブの副会長になったが、そんな役をこなすのはなんでもなかったようだ。

西脇順三郎さんにかわいがられ、エスプリのきいた詩を書いた。「茗荷谷海岸」という短詩は国際的批評にたえるといまでも私は信じている。

気の弱いところがあった。私は、若い同僚として同じ学科に属していた。Fさんはまだ助教授だった。ほかに同じくらいの年齢の助教が三人四人といて、空いている教授のポストをめぐって選考は難航していた。何度も教室会議が開かれた。戦後の悪いクセで、教授人事を議する会議に助教授が出て、ものを言うことができた。私は最年少、末席の助教授だったが、気楽に、一人前の口をきいた。いまから思うと恥ずかしい。さぞおもしろくない人が多かっただろう。あるとき、長老教授のひとりが、

「年齢から言うとSさんが最年長で、適任だと思います」

などと言うから私はハラを立てて、

「年できめるなら戸籍謄本できまり、こんな会議なんか必要ないでしょう。業績から言えば断然Fさんで、会議の必要もないくらいです」

と発言、大いに物議をかもした。会議のあとFさんがこっそり、

「いっしょに帰りませんか」

という。ついて行くと、お茶に誘われた。

「かばってくれて、うれしかった。ありがとう」

そのFさんは頭もいいのに体も頑健だったのだろう。見かけはきゃしゃ、白《はく》皙《せき》の青年のようで年をとられても活動、活躍はやまなかった。後輩としてまぶしいような存在であった。ゆうゆう九十歳をこえてかくしゃくとしていた。

ところが、ある日、突然亡くなってしまった。

きいてみると、ずっと家族とはなれて独り暮らしていたそうで、その日、気分が悪くなり、救急車をよんだ。玄関をあけ、鍵をかけて救急車へ歩きだしたところで倒れた。大動脈瘤破裂であった。

後日、偲ぶ会がひらかれた席のスピーチで、

「大動脈瘤破裂で亡くなられたのは、Fさん最後の業績でした」

といったことをのべたら、あとで不謹慎だと言われた。私は、業績では及びもつかないが、せめて死ぬときはあでありたいという気持ちを言ったまでのこと。誤解されたらされてもいい。叶うことなら、私も同じように死にたい。

忘れるが勝ち

あるとき、テレビで長寿者たちの健康法を特集していた。それぞれなるほどと思われることを言っているなか、ひとりのおばあさんが「とにかく、くよくよしないことです」と言っているのが、いちばん印象的であった。ほかのことはみな忘れてしまったのに、このひとことははっきり頭に刻まれている。

小さなことにくよくよするのは、半分は性分だから、心掛けて、気にしないようにするのは難しいが、体によくないことはこれがいちばんかもしれない。神経のこまかい人ほど、くよくよ、小さなことに悩んだりする。

心掛けて、鈍感になるのが賢明である。鋭敏になるのは容易ではないが、鈍感になるのもやさしくない。修行しなくては鈍感になれないが、そんな努力をする人はない。多くの人が大小の、つまること、つまらぬことに心をいため、気にして苦しみ、命を縮めているのが浮世である。ひと口に「くよくよしないことです」と言われても普通の人間は困るのである。

イギリスに Care kills the cat.（心配がネコを殺す）ということわざがある。ケア（care）キルズ（kills）キャット（cat）の三語がいずれも［k］（ク）音ではじまっているから調子がすこぶるよろしい。このことわざ、つまりは、心配ごとは体の毒、ということであるが、「ネコは、九つの命をもつ」（A cat has nine lives.）というもうひとつのことわざを踏まえている。そういうつよいネコでさえ、心配には勝てずに命をおとす、というのである。

大学紛争のとき、学生に糾弾されて苦しめられた大学の教師はすくなくないが、私の友人がある国立大学の学生委員をつとめていた。あるとき、つるし上げを食った。次の週に、頭が白くなって大学にあらわれ同僚がびっくりした。もともと房々とした黒髪の紳士だったが、学生とのやりとりに神経をすりへらしたのであろう。白毛《しらが》が出た。それを気にして、また白毛がふえる。そしてやがて、全頭がまっ白になってしまった。ご本人はそれでさらに心痛を深めたであろう。いたましいことである。命をとりとめたのはせめてものことで、ネコより強かった。

くよくよするのがいけない。いやなこと、苦しいことは、さっさと忘れるに限る。心のいたみをいたわってあたためていると、心労は猛威をふるって健康を害し、へたをすれば、命を落とす。

くよくよしないに限るが、くよくよしないぞ、などと力むことはできない。忘れるに限るけれども、その力の弱い人がすくなくない。もの覚えのよい人ほど忘れる力が弱く、心配にやられやすい。ずぶとい人間は、ちょっとしたことにはへこたれないし、ひどい目にあっても、すぐケロリとなる。

われわれは、こどものときから記憶中心の教育を受ける。とにかく、忘れてはいけない、よく覚えよ、と言われる。覚えているかどうかテストをされる。忘れたことが多いと悪い点がつく。忘れるのをおそれる気持ちをもって学校を出るのは人生の不幸と言ってよいかもしれない。

もともと人間は忘れるようにできている。自然に忘れる。忘れないとたいへんなことになるから、忘れるのは天の配剤、自然の摂理なのである。記憶するのには努力を要することが多いが、なにもしないで、ほうっておいても一定の忘却は自然に行われるようになっているのを知らない人が多い。それほど記憶が大切にされる。

ものを覚える。頭に入れる。どんどんものごとを詰め込めば、頭はパンクする。そうなってはたいへんだから、夜、眠っている間のレム睡眠によって、仕分け、分別して、ゴミのようなものを廃棄する。レム睡眠は一晩に何回もあるから、頭のゴミ出しはかなり進む。朝、目をさましたとき、頭がすっきり、気分爽快であるのは、頭の中がきれいに片づいている証拠である。

この自然忘却は、大事なことは保留、不要なものは放出するようになっているのだが、悩みごとは、大切なことのように扱われて、ゴミに出されず、保留されることになりやすい。そうすると、目覚めもさわやかでなく、気分はうっとうしい。たいていの人がそういう経験をして生きていくのだが、心配ごとや悩みが有害なことは昔の人たちも知っていたらしい。ひどくいやなこと、苦しいこと、つらいことがあると、ヤケ酒を飲む。ぐでんぐでんに酔っ払えば、天地もひっくりかえる。さめてどうしてここにいるかわからないくらい。心痛のたねなど大半どこかへ吹っ飛んでいる。深酒は体によくないが、くよくよしていてたいへんなことになるのを避けるためなら、むしろ体にもいい方法だと考えることもできる。

かといって、深酒だけに頼るのは知恵がない。仕事などをしているときも、よくないものが頭に蓄積されやすい。それで、ときどき休んで、〝お茶〟にする。会議なんかでも、コーヒー・ブレイクというお茶の時間がある。そうすると、気分がすっきりして、あとの進行に無駄がなくなる。

個人の日常でも、ときどき、休んで風を入れるのがよいが、忙しいと不休で仕事することもあって、体を害する。とにかく、頭にこびりついた悪いエネルギー、思い、情報などを洗い流す工夫をしなくてはいけない。くよくよしないのは、それがうまくいっているからで、自然にそうなったわけではない。

方法はとにかく、忘れることである。忘れるのをおそれてはまずい。幸い年をとると、もの忘れがつよくなって、なんでも忘れてしまう。それで不便、不都合なこともあるが、くよくよして命を縮めるよりどんなにましかしれない。やはり天の摂理である。忘れるのをおそれたり悩んだりするのは不当である。たいていのいやなことは老人にとってたいした問題ではないのである。そのぶん、年寄りは〝賢い〟のである。

忘れては困ること、そして忘れそうなことは、メモにしておく。それ以外は大小、みんな忘れてしまえば、頭の中はいつも片づいてすがすがしい。若ものにはまねができない。

一生の間で、いちばん頭のよいのは、生まれて数年であろう。その間の幼児《ようじ》は言うに言われぬ苦しみ、痛み、不安を体験するが、片っぱしから忘れてしまってあとに残らない。三歳くらいまでのことを正確に記憶している人がないのは、すべての幼児がどんどん忘れどんどん覚えていたからである。それで頭脳がよく働く。すべての子はこの記憶していない初期においてはすばらしい能力をもっていたと思われる。

この時期の赤ちゃん、幼児はくよくよすることを知らないから健康である。そればかりか、頭も冴えている。だから、たいへん難しいことばをごく短期間に覚えて、使えるようにする。その時期の忘却力には及ぶべくもないが、忘れる力のつよいのは人生の勝者である。

人間万事、忘れるが勝ち。

失敗もまたよし

タクシーに乗った客が、

「忙しくて、忙しくて、死にそうだ」

と言うと、運転手が、

「わたしら、ヒマでヒマで、死にそうですよ」

忙しくて困る人もあれば、喜ぶ人もある。人さまざまであるが、年をとると忙しさがなつかしくなる。若い人がむやみに忙しがってはみっともない。ある老作家が若い客に、

「お忙しいですか?」

ときく。客が、

「ええ、もうたいへん忙しくしております」

と答えると、主人が、

「忙しい、とは、人に言うことです。自分で忙しがってはいけません。商売をしている人に忙しいでしょう？　と問えば、いいえ、チョボ、チョボです、と答えるのがよろしい。ええ、忙しくて忙しくてなどと言えば商人はわらわれます」

忙しいのは、もともと仕事がたくさんあることである。英語の忙しいはbusyビジーで、仕事（businessビジネス）は忙しいことが原義になる。仕事のない人が忙しいわけがない。あっても、人に向かって忙しいと言うのは威張っていることになってきぎぐるしいが、ビジネスマンばかり多くなった世の中で、忙しさも、途方にくれている趣きがある。

それはしかし、若い人のこと。年寄りになれば、言いたくとも忙しいとは言えない。することがない人が大部分。

昔は隠居と言った。仕事を若いものにゆずると裏へ引っ込むのである。しかし、「蔵売って日当りのよき牡丹かな」（瓢水）と悟ることはできないのが普通である。そこで、多くの隠居さんは、なにかすることを見つける。趣味の稽古を始める。囲碁、将棋にこる。俳句をひねる。金があれば、書画骨董にうつつをぬかす。

昔、三河の鉄道会社の社長をしていた岩瀬弥助《いわせやすけ》は、多忙なのに、中年になると、古書を買い集めることをはじめた。年末になると神田神保町の古書店街を大金をもってうろつく。正月の金のほしい古本屋の人が目をそばだてる。じらしておいて、値切って買う。

もちろん年の暮れだけではないが、多年にわたって買い集めた本が厖大《ぼうだい》な量になったので、岩瀬文庫という図書館をつくった。まわりを公園のようにして、梅、柿、みかん、梨などのなる果物の樹をうえ、一隅にオリをこしらえ、サルと七面鳥を飼った。こどものころ、私はその近くに住んでいたから、よく行ったが、サルや七面鳥と親しむだけで本を見せてもらったことはない。後年、国文学の友人が、おどろいて「岩瀬文庫は日本有数の貴重本の図書館で、古い時代の文学を研究しているものにとっては特別な文庫だ、その近くで育ったとはネ」と言った。

電車はいまや一部が廃線になっていて、その名を知る人もすくないが、岩瀬文庫はいま西尾市立となって市民にも親しまれている。

老人のライフワークはこうありたい。故郷のことだけに、よくそう思う。三重県の津に地元の百五《ひゃくご》銀行というのがある。かってそこに川喜田《かわきた》久太夫《きゅうだゆう》頭取がいた。銀行家としてその名を知るものは、いまはすくないが、陶芸に打ち込んだ。才能にめぐまれていたのであろうか、やがて川喜田半泥子《はんでいし》となって令名はいまも高い。私は縁あって、半泥子作の湯呑《ゆのみ》をもらい、四十年近く、朝な夕な、それで茶を飲み、ときどき作者の生き方に思いをはせる。

金もなければ、才能も乏しい人間に、そういう輝かしき老後にあやかろうなどとは考えることもできないが、凡人は凡人なりに忙しくなることはできる。

目のまわるような忙しい仕事をはなれて教職一本になったら、時間があって困る。体調もすぐれない。忙しくしなければいけない。そう思って前でもふれたが、焼きものづくりに挑戦することにした。「ロクロがまわるようになるには十代からはじめないと……晩学なり難しですが、まあやってみますか」と先生から厭味を言われたが、よけいなおせっかいときき流した。とにかく夢中になることがあればいいのだ。

そうしてはじめた焼きもの。無類のおもしろさである。文字どおり時間を忘れる。午前中にロクロに向かって、気がついてみると外はうすぐらくなっていたりする。昼食のことなど考えもしなかった。家のものから「教師を廃業にしたら」とからかわれた。そうしてすごした数年はこれまでの人生でもっとも充実していたように思われる。

一人前の陶工になれなかったのは、新しい月刊の個人雑誌を発行する暴挙に出たからである。その雑誌は十二年つづいて消えた。

停年で学校を辞めて、つぎのところへ横すべりするが、おもしろくない。勉強もする気がしないから時間をもてあます。ゴルフをすすめる人があったが、「動かぬボールをたたいて、どこがおもしろい」と一蹴したついでに、動くボールを打つテニスならよかろうと、テニスをはじめる。もうすこし運動神経がいいだろうと思っていたが、すこしもうまくならない。練習相手をしてくれる人に気の毒でやめてしまう。

頭の体操なら囲碁がいいと、大学出のインテリ棋士について勉強をはじめ、これはおもしろいと思って、碁会所みたいなところへ通うようになった。知らない人と打つのがうっとうしく、「碁敵《ごがたき》はにくさもにくしなつかしさ」というところまでいかず退散、ことに相手の人品が上品でなく、闘志むき出しにつっかかってくるようだと気分がよくない。大先生には悪かったが自主落第する。

つぎにはゴルフをはじめた。動かぬボールなんてなんでもない、つまらぬ、と言ってテニスをはじめたくせに、年がたってみると、静止しているボールの方が、飛んでくるボールよりも打ちにくいらしいとわかって宗旨変えしたのである。これも三年あまりで脱落。こせこせスコアにこだわったりする紳士を見て浅ましいと思うようになったのである。

どれもこれもビギナーで終わった。ビギナーズ・ラックもなかったから、やめても未練はない。下手の横好きだと自嘲していて、ひょっとすると、そういう失敗の連続も、案外、生きていく上で効果があるのではないかと思うようになった。延命効果もあるかもしれない。

ものごとは思うようにならないが、失敗、敗北というものは人間をきたえる力をもっている。それは老人も例外ではない。失敗は最高の教師である――そう思うと、やめたことが、みんなありがたいような気がするのである。

ホメられては死ねない

ずっと前のことだが、たいへん心を動かされた話がある。

東京の医科大学の創設者で有名なY先生が病に倒れた。全国にちらばるお弟子たちが心配し、見舞うものもすくなくなかった。そういうお医者たちも、やはり難しそうだとなかば覚悟した。

そんなとき、ひとりの門下生のひそかに考えたことが、何人かの人に知れて、やってみようということになった。

なにかと言うと勲章である。かねてつぎの叙勲で、Y先生が受勲されることは一部の人だが知られていた。しかしそれはすこし先のことである。先生の容態はとてもそれまで待つことを許さない。そこである人たちが、事情を話して事前に勲章を一時お借りして先生にお見せしたい、そういうよからぬことを考えた。

その筋に願い出たところ、もちろん、そんなことのできるわけはないから、お引きとりくださいと言うべきところ、粋なはからいで、しばらく貸し出すということになったという。

さっそく、その勲章をもって病床の老先生のところへかけつけ、「先生、勲章をお受けになりました。これがその勲章です」といって見せた。明治生まれの大先生、それまでずっと横になっておられたのに、まして起き上がる力などなくしておられるのに、ベッドの上で上半身を起こして勲章を拝受した。

まわりの人たちはそれを見て涙をながしたそうだが、そのあとちょっと困ったことになった。命旦夕《めいたんせき》に迫ると門下の医師たちがしたことだが、先生はそれを機に容態がもちなおして回復に向かわれたのである。

一日も待てないと言って借りてきた勲章である。先生が回復されると、お役所にウソを言ったことになっておだやかでない。先生はそれから何ヵ月も生きられた。まったく勲章による延命である。勲章は薬石よりよく効くのである。

——この話、また聞きだから正確ではないが、大筋は外れていないと思う。そのころ、私はたまたま、ある雑誌からエッセイを頼まれたので、おおよそ右のようなことを書いた。雑誌が出てしばらくしたころ、東北の読者から手紙が来た。抗議では、と身をかたくしてみると、そうではなかった。そっくりのことがその人の町でもあったというのである。

そのマチの有力議員が危篤に陥った。もうだめだとみんなが思ったとき、市長が自分の受けた勲章を病床へもっていって、議員のものとして受勲を祝った。議員はやはり寝台の上で威儀を正し、うやうやしく、拝受して大感激。それを境に病状にわかに好転。とうとう退院するまでになった。

窮地に立ったのは市長で、あと多少、ごたごたしたらしいが、議員は元気をとり戻したのだからめでたい話だと、そのことを知らせてくれた人は書いた。

同じようなことがおこるのも不思議だが、勲章の思わぬ威力にはおどろくほかない。

同じようなことは勲章だけでなく、ほかのめでたいこと、喜ばしいこと、ホメられたときにもおこっているに違いない。叱られると命が縮み、ホメられると、寿命がのびる、というのは昔からどれくらいおこっていたかしれないのである。ただ、人は老いると、めったにホメられない。それで人々の注意するところとはならなかったのであろう。

アメリカのある社会学者が、あるとき、人間の死期の調査をしたが、その結果が大きな話題になった。ひと口に言うと、人間は自分の誕生日の前一ヵ月くらいから死亡率が低下し、誕生日がもっとも低い。誕生日に死ぬ人はごくごくすくない。ところが、その翌日から死亡率が急上昇し、一ヵ月くらいの間に亡くなる人が多いというのである。

どうして誕生日までの一ヵ月に亡くなる人がすくないのか。わけははっきりしている。誕生日にはふだん、会えない人も訪ねてきて祝福してくれる。プレゼントももらう。一年でもっともたのしい日だ。それがやってくると考えるようになると、死は棚上げになる。

夢のような当日が過ぎると、祭りのあとの淋しさに襲われる。こんどの祝いは一年後、とんでもなく遠い先である、そう思っていて、体の力が衰えて、命をおとす人がふえるのである。とはいっても誕生日を祝う習慣のあるところでないと見られない現象だが、祝われたり、プレゼントをもらったり、祝福されたりすることの延命効果に昔の人はよく気がついたものである。改めて注目しないではいられない。

年に一回だから、こういうことになる、と言うこともできる。祭りのあとすぐまたつぎの心待ちするようなことが待っていれば、落ちこむひまもなくつぎの〝よき日〟がやってくる。それが終わったら、またつぎの〝うれしいこと〟が待っているという具合になって、死ぬチャンスがなくなる。たのしい日が年に一度ではいかにもわびしい。大幅にふやすのが知恵であると言ってよい。

昔から、奇数月、数字の重なる日を祝ってきた習俗がある。一月一日の正月、三月三日桃の節句、五月五日の端午の節句、七月七日は七夕である。日本では祝わなくなったが、九月九日は重陽の節句である。ふた月ごとに祝日がやってくる勘定である。これにならって生きていれば、いつもつぎの祝いを待ちこがれていられることになり、落ち込んだりするひまがない。古人の知恵、いまの人間がそれをおろそかにしているのは、賢明とは言えない。節句は延命の節目だったのである。それによって寿命をのばした人がどれくらいあるかしれない。

そういえば七日ごとに日曜が来るのも、これに通ずるところがあるが、なにせすこし頻繁すぎる。延命効果はほとんどなくなっている。近年、むやみと祝日をふやしてきたが、多くなっては、効果が小さくなり、ありがたみも小さくなるのを知らぬ人が考えたことである。

われわれはめいめいの生活にリズムを考え、それに乗る喜びの日をこしらえるのが知恵である。

喜びの日はご馳走を食べたりするだけでなく、ホメてくれる人がほしい。これは周期的にというわけにはいかないが、然るべき人にホメられると、たいへんな活力、元気が出る。その効果は長い間持続する。

というわけで、年をとったら、まわりにホメてくれる人がほしい。おべっかなどではありがたくない。信頼でき尊敬している人からホメられると、先のはなしの勲章に劣らぬ延命効果をもつだろう。

友を選ぶのに、切磋琢磨の相手を求めるのはごく若いうちのこと。一人前の人間になったらケチをつけるような人間は一人でもすくないほうがいい。そして、すくなくとも、一人、できれば二人、ホメてくれる人がほしい。なかなか得られないが、もし見つかったら、人生の幸運と思ってよい。

適当にはげましてくれる人がいれば、老いの細道、またたのしい。

郵便が来る

郵便の来るのが毎日のたのしみである。

その時刻が近くなると、そわそわする。玄関の方で音がすると、すわ、と出ていく。空耳でにが笑いをすることもあるが、ときには配達さんとハチ合わせになったりして、きょうはいい日だ、と思ったりする。

いい便りばかりではない。厄介なことを言ってくるのもある。すぐ返事をくれといったのもあって、うるさいな、と思うこともあるし、はっきり文句をつけてくる未知の人からの手紙もないではないが、それはまれで、たいていは心やすらかに、読むことができる。「用はないが、ごぶさたしたから、書く。元気ですか……」などという郷里の友だちからの便りは実にうれしい。いくら忙しいときでも、その日のうちに返事を書くように心掛けている。

いつから郵便好きになったのだろうか。そう考えたことがあり、思い当たることを見つけた。

中学校のとき家をはなれて寄宿舎にいた。うちがおもしろくなくて、寄宿舎はむしろ、居心地のいいところだったが、さすがに家を憶う心がわく。複雑な気持ちである。ときどき父から封書の便りが来る。候文《そうろうぶん》である。学校でも候文を教わらなかったから、はじめはずいぶん珍しく、文意のとりにくいところもあるが、何度もくりかえし読むには候文は適している。むき出しのことばではなく、まろやかな語感がいいと感じるようになった。いつの手紙も結びは、「勉学専一に願い上げ候」だった。「一生懸命勉強しなさい」と言われるより、大人扱いをされているようで、素直になれるのである。

候文というのは実にいいスタイルだと思う。いつか、侍従長をしていた人が、ことわりの手紙は候文に限る。言いにくいことがスラスラ言える、といった意味のことを書いていたが、候文の効用である。私は、いまでもたいした用でもない親しい旧友にあてて、ふざけて候文を書くことがある。先年、郷里の人が寄附を頼んできたときも、毛筆、巻紙に候文の手紙を書き「貴意にそいがたくまことに残念に存じ候。ご清祥を祈り上げ候……」と書いたことがある。相手がどう思ったか、そんなことは気にしない。

四十年も前のこと、かなりはなれた小学校から赤い風船が飛んできた。見ると、小学一年生の名があって「がっこうのせんせいになりたい」と書いてある。そういう風船が教師の家の庭へ飛んできたのも奇である。学校宛にハガキを書いた。早春のころであった。返事が来るかと心まちしていたが、来なかった。それだけに、年賀状が来たときはうれしかった。何ヵ月もおあずけを食ったのも味である。それ以来、少女は暑中見舞と年賀状を欠かさない。いつかの年賀状には、「こどもが、風船の少女の年になりました」という文句があって、時の流れをなつかしんだ。

年をとるとますます郵便好きになる。先年、日本経済新聞夕刊のコラムのひとつに「郵便好き」を寄せたところ、思わぬ反響があった。世の中に手紙好きはすくないようである。先の風船の少女のようなペン・フレンドがいれば、「老後もさみしくならないだろう」とコラムに書いたのは誇張ではない。

朋《とも》有リ遠方ヨリ来《きた》ル、はいまの私には手紙のことである。

しかし、世の中、便利になって、なんでも電話、になった。このごろの若い人は、電話などという旧式なものをバカにして、メールの交換に余念がない。老人が、あんなのおもしろいのだろうか、と思うのはもちろん偏見である。〝交信〟は手段、方法を問わず、おもしろいにきまっているが、年寄りからすればやはり古典的様式がいちばんすぐれている。

そう思って巻紙に毛筆の礼状を書くことをはじめた。頂きものをして、お礼状を書くのだが、書くことなんかあるわけがない。便箋一枚がやっと。一枚手紙は昔からきらったものである。無理をして二枚目にわたる文案に苦しむのはすこし滑稽である。そんなことを考えているところへ電話。なにかと思って出てみれば「このたびはほんとうに結構な品を頂戴いたしまして、まことにありがたく……」である。なんだ、ハガキ一枚書けないのか、とあとでつぶやく。

その反動保守の手が、奉書巻紙毛筆の手紙、礼状である。

筆で書くとほんのひとことで、長くなるから、便利である。同僚の家へそういう礼状を書いたところ、奥さんが、「この手紙を家宝にしましょう」と言っているときいて、びっくりはしたが、悪い気はしない。

別の先輩のところへも毛筆の礼状を送った。やはり奥さんが喜んだと先輩の口からきいた。「ひとつきいてきてほしいと言われたことがある」と言う。なにかと思ったら、手紙の長さは毎回すこしずつ違うのに、巻紙の切目が毛ば立っている。長さの違う巻紙をいくつも揃えているのか、という質問である。

巻紙をご存知ないからのご不審、無理もない。興味をもたれた巻紙がハサミで切ったのと違うのは、終わりを折って、なめて、ひっぱると、切れ目が毛ば立つのである。この先輩は潔癖家で、なめた、なんて言ったら気を悪くすると思ったから、そこはぼかした。

やっぱり、ハガキが簡便である。これなら五枚や六枚あっという間に書ける。礼状はハガキではいけないとしつけられているが、電話がまかり通る時代だからハガキも勘弁してもらってもいいだろう。そういう勝手な理屈をつけて、ハガキをどんどん書いた。普通なら電話にすることもハガキにする。返事はよほどのことがなければハガキとしたからどんどんハガキを使った。ひところ、月に百枚以上ハガキを使った。それが郵便局の興味をひいたらしい。このあたりの本局から表彰のようなことを受け、一日局長？かなにかにさせられた。

それはそれ、かつての話。いまは目がロクに見えないから書く字がきたなく乱れて見るもあわれで失礼になる。そう思うと、手がすくむ。かつての筆まめがウソのよう。もっぱら受け手にまわり、手紙やハガキの来るのを待つ。セールス・宣伝の類もある。あんなもの来ない方がいい、と言う人がいるが、郵便好きは、チラシであっても、ないよりはにぎやかでよいと寛容である。ただし、こちらがこの通りの年寄りだから墓地販売はありがたくない。

日曜は配達がないからつまらない。人の喜ぶ連休も郵便好きには魔の休日である。毎日配達のある国はないだろうか。

〝あとがき〟にかえて

「野生の動物は、めったに死んだ姿を見せません。しかるべきところで、ひっそり消えていく。人間、とてもその真似もできませんが……」

――最後は、やはり、苦しむでしょうに。

「ほかのものの迷惑にならないように、というところが、清々しい。そういう死に場は動物によってきまっているのかもしれない。象牙の塔は有名で、そこへきて命の絶えた象の牙だけが残って、山をなしている、というのである。浮世ばなれした研究や学問をする人を、象牙の塔にこもる……などというのはすこし軽薄であるかもしれない」

――人間は、最後の最後まで、最後を考えようとしない。おそろしいからである。その点でほかの動物に大きな顔はできないと言ってもよい。いつまでも長生きができるように思い込み、病気でない病気にとりつかれて、おもしろくない日々を送ることになる。あまり賢明とは言えない。

「昔は早死にしたから長生きのおそろしさを知ることはなかった」

「もっとも、人間到る処、青山あり、とうそぶく人もいたことはいた。青山は墓地のこと。どこだって、死ぬことはできるというのは、象牙の塔ほどに味わいがない。到る処、青山ありは野たれ死にかもしれない点で、とても象牙の塔に及ばないといってよい」

——年をとったからといって、生きることを忘れて、死ぬことばかり考えるのは不健康である。それかといって、ボンヤリ、ウカウカしていれば、人間ばなれするおそれがある。

「いっしょうけんめい、動いて、なにかをしていれば、悪玉の長生きにとりつかれることなく、全力を出して生きていれば、いつしか悪玉長生きを尻目に、われを忘れ、老いを忘れることができるかもしれない」

「——〝われ生く、ゆえにわれあり〟ですよ」

「だれです？　そんなこと言ったのは？」

「――そんなことはどうでもいい。年はとっても人間らしく生き、ひとのせわになるべくならないように、できれば、ちょっぴりでも、ひとのためになるように生きる――そのためにわれを忘れて生きてゆけば、悪玉長生きなどにやられることはまずない」

「そうそう、その意気！」

外山滋比古

二〇一六年六月

本作品は、二〇一一年一一月に小社から刊行された『「いつ死んでもいい」老い方』を改題・一部訂正・加筆のうえ、文庫化したものです。

外山滋比古－1923年、愛知県に生まれる。評論家。専門の英文学のほか、言語論、修辞学、教育についての著作が多い。東京文理科大学英文科卒業。東京教育大学助教授、お茶の水女子大学教授、昭和女子大学教授を経て、お茶の水女子大学名誉教授。文学博士。教職のかたわら、雑誌『英語青年』『英語文学世界』を編集。著書には、『思考の整理学』『知的生活習慣』(ともに筑摩書房)、『新エディターシップ』(みすず書房)、『乱談のセレンディピティ』(扶桑社) ほか多数。

講談社+α文庫　「長《なが》生《い》き」に負《ま》けない生《い》き方《かた》

外山《とやま》滋比古《しげひこ》

2016年 7 月20日第 1 刷発行

発行者――――鈴木 哲
発行所――――株式会社 講談社
東京都文京区音羽2-12-21 〒112-8001
電話 編集(03)5395-3522
販売(03)5395-4415
業務(03)5395-3615
デザイン――――鈴木成一デザイン室
カバー印刷――凸版印刷株式会社
印刷――――慶昌堂印刷株式会社
製本――――株式会社国宝社

落丁本・乱丁本は購入書店名を明記のうえ、小社業務あてにお送りください。
送料は小社負担にてお取り替えします。
なお、この本の内容についてのお問い合わせは
第一事業局企画部「＋α文庫」あてにお願いいたします。
Printed in Japan ISBN978-4-06-281681-6
定価はカバーに表示してあります。

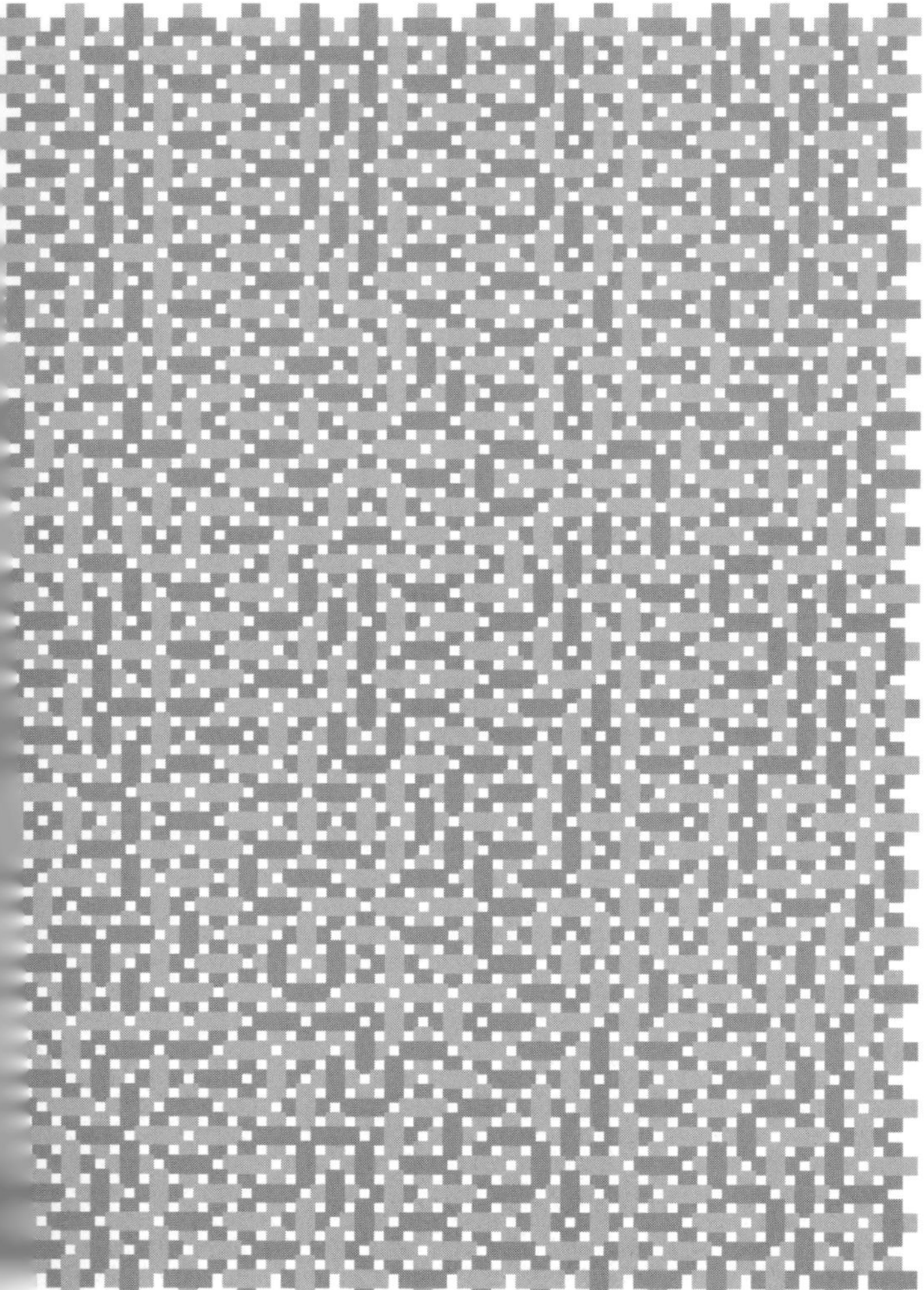